河出文庫
古典新訳コレクション

堤中納言物語

中島京子 訳

河出書房新社

目次

堤中納言物語

美少女をさらう

原題・花桜折る中将

　月の明るさにだまされて朝が来たと思い込み、夜更けに女のもとを出てきてしまった中将の君は、残した女が淋しがっていることを思うと少しかわいそうな気もしたが、引き返して会いに戻るにはもう遠いし、と自分に言い聞かせて夜道を歩いていた。

　小さな家々からいつもは聞こえる朝の音も聞こえず、静かな月明りの下の、そこかしこの桜の木々は、ひとつらなりに見えるほどに朧に霞んでいる。

　その眺めは、いま見てきた桜よりも風情があるので、通り過ぎるには惜しい気がして、

　　そなたへとゆきもやられず花桜にほふこかげにたびだたれつつ

――あちらへはもう戻れない　花桜匂う木陰に足が向くから

と、口ずさんだとたん、「そういえば以前はここに、言い交わした女がいた」と思い出し、君はその場に立ち止まった。

崩れた築地の間から、白い衣を着た老婆が、ひどく咳込みながら出てくるようだ。気の毒なほど荒れて、人けもないところだから、あちこち覗いてみても、とがめる人もいない。先ほどの老婆が戻ろうとするのを呼び止め、

「ここにお住まいだった方は、いまもいらっしゃるかな。『山の貴婦人にご挨拶申し上げたい者がいる』と伝えてくれないか」

と声をかけると、

「そのお方は、ここにはいらっしゃいませぬ。どこぞの山奥にお住まいでいらっしゃいます」

と答える。「かわいそうに。尼にでもなったんだろうか」と、その女の消息が気にかかってきた。

不審げにしている老婆に、

「この光遠にも会わないでいなくなるとはねえ」

などと素性を隠すための架空の名前を口にして、ごまかし笑いをしていると、妻戸を開けるやわらかい音がする。

供の者たちを少し遠ざけて、透垣のつらなるすすきの群れの茂るあたりに隠れて中を覗くと、

「少納言の君さん。夜は明けたのかしら。出て見てごらんなさいよ」

という声がした。

それは、ちょうど年頃の美しい女の童で、着なれた宿直姿だった。蘇芳だろうか、黒みがかった紅のつややかな袙と、きれいに梳いた髪の先が小袿に映えて、若々しい。月の明るいほうへ、扇をさしかざして、

「月と花とを」

と古歌を口ずさみながら、花のほうへ歩いてくる。その女の童の気を引きたいと思いながら、しばらく見ていたが、大人びた女房が、

「あなたの、ほら、スエミツだかなんだかって男は、なんで起きてこないのかしら。弁の君さん。ここにいたのね。いらっしゃい」

と呼ぶところを見ると、どこかへ詣でるようだった。

女の童は月の穢れがあるのか置いてきぼりらしい。

「留守番なんて嫌よ。ねえ、近いところで待っていて、御社にはお参りしないから、お供をして行ってもいいでしょう」

などと言って、

「おばかさんね」

とたしなめられている。

みな、出かける支度をしていて、五、六人ほどだ。

そこへ、階を下りてくる姿もとてもかよわげな、「この邸のお姫様に違いない」と思われる人物があらわれた。薄衣を肩にすべらせるような着こなし、華奢でまるで少女のようだ。物の言い方も可憐であり、雅やかに響く。

「いやあ、いいものを見たぞ」

中将の君は思い、ようやく夜が明けてきたので、家に帰った。

日がすっかり上ったところに起きて、昨夜の女のところへ言い訳の手紙をしたためる。

「あのような深夜ではありましたが、いたたまれぬ思いをしたのは、あなたのよそよそしさのせいです。おいとましなければならなかった私が、どれだけつらかったことか」

などと、青い薄紙に書いて柳の枝に付け、

さらざりしいにしへよりも青柳（あをやぎ）のいとどぞ今朝（けさ）は思ひみだるる

——昔より　今朝のあなたはつれなくて　心乱れる青柳の糸

と、書いて送った。女からの返歌は男の浮気心を見抜いたみごとなものだった。

かけざりしかたにぞはひし糸なれば解くと見しまにまたみだれつつ

——心にもかけぬ私に糸をかけ　打ち解けておいてよそに乱れる

その歌を見ているとき、源中将（げんちゅうじょう）と兵衛佐（ひょうえのすけ）が、従者に小弓を持たせてやってきた。

「昨夜は、どこにお忍びでしたか。宮中で管絃（かんげん）の会があってお召しがあり、お探ししましたが見つけられませんでしたよ」

と言うのに対して、中将の君は、

「ここにいましたよ。おかしいね」

などと嘘を言う。

木々に桜が咲き乱れ、たいそう多くの花びらが散るのを見て、源中将が、

あかで散る花見る折はひたみちに
——儚くも散る花を見る悲しさよ

と詠むと、兵衛佐が、

わが身にかつはよわりにしかな
——わが身のほうもすっかり弱り

と続けた。中将の君は、「そんな弱気では、困ったものだな」と言って、

散る花を惜しみとめても君なくは誰（たれ）にか見せむ宿の桜を

——散り惜しみ咲いているのだ　君以外誰に見せよう宿の桜を

と歌を返した。

そんなふうにふざけながら、いっしょに出かける。中将の君は、「今朝見た家の素性をなんとかして突き止めたいものだ」と思っていた。

夕方になって、父君の邸に参上した。

暮れゆくころの空に、霞がかかり、桜花が風情よく散り乱れている。その夕映えの景色を、御簾（みす）を上げて眺めている中将の君の美貌は、光り輝くばかり、花の美しさすらかすむほどであった。琵琶（びわ）を黄鐘調（おうしきちょう）に調（ととの）えて、ゆったり情緒をこめて弾く手付きを見れば、「もっとも高貴な女性でも、こうまで典雅ではあるまい」とすら思える。君は、雅楽の功者たちを召し出して、いろいろな曲を合奏しつつ楽しんでいた。

それを見た家来の光季（みつすえ）は、

「さすがは中将の君、女たちがどれほど賞賛することだろう」

と感嘆し、

「ところで左近衛府の陽明門あたりに、すばらしい女の弾き手がいるとか。何事につけ趣味がよい方らしい」

と、仲間同士で噂話を始めた。

するとも君が割り込んできた。

「どこだ。あそこか、あの、桜がたくさんあって荒れ放題の家のことか。どうやって知ったのだ。話してくれ」

「私もやはり、ついでがあって参りました」

光季が答えると、

「その家は私も見たぞ、詳しく話してみろ」

中将の君がせっつく。

じつは、光季は、君が昨夜見た女の童のところへ通っているのだった。

「あの家の姫君は、亡くなった源中納言の娘です。まことに美しくかわいらしい方だそうでございます。伯父の大将殿が、養女に迎えて入内させたいと申しているとか」

「そんなことになる前に、ぜひとも私がなんとかしたい。うまくやってくれ」

「そうしたいとは思いますが、どうしたらいいものやら」

そう言って光季は立ち去った。

夕方、光季は、すでにいい仲になって手なずけている女の童に、中将の君を姫君に会わせてくれと言葉巧みに頼み込んだ。

「でも、姫君の伯父上の大将様が、ものすごく口うるさいのよ。お手紙をことづかるのだって、お祖母様にひどく叱られてしまうんだから」

女の童は渋る。

しばらくして、姫君が宮中に入るというおめでたい話が噂になったころ、光季は君と姫君との仲を取り持ってくれない女の童を責めたてた。

すると、若い女の童は、姫君がだいじな入内前に他の男のお手付きになってはたいへんとは考えもしないのか、

「まかしといて。隙があったら、すぐ知らせるわ」

と言う。しかし中将の君からの手紙は、お祖母様の目が光っているので、とりつ

がないままにしておいた。

　光季が邸に参上し、

「説き伏せました。今夜こそ絶好の機会でしょう」

と伝えた日、中将の君は大喜びし、少し夜が更けるとさっそく光季の車で目立たないように出かけた。

　花の邸の女の童は、慎重に周囲の様子を見てきてから、誰にも見られないように姫君の部屋に君を通した。灯火は物陰に取り下げてあった。

　薄暗い中、母屋（もや）にとても小ぢんまりと横になっている女を、かき抱いて乗せ、急いで車を出す。中からは、

「なんなの、なんなのよ」

　と、取り乱した声がする。

　のちになって姫君の乳母（めのと）が言うには、

「男が忍んでくるという噂を聞いて心配したお祖母様が、代わりに横になっていらっしゃったのです。もともと小さい方だけれど、お年を召して、出家もされていたので、剃髪（ていはつ）した頭が寒くて、お着物を引きかぶって寝ていらしたのですわ。姫君に

間違われたのも、しかたがありませんわね」

車が中将の君の邸に着いたとき、中から、

「いったい、こんなことをするのは誰じゃ」

と、老婆のしわがれ声が響いた。

その後はどんなことになったやら。なかなかよい物笑いの種である。

お祖母様もたいへんな器量よしではあったけれど。

お香つながり

原題・このついで

古歌に春の風物と歌われる長雨を、中宮が眺めていらっしゃる昼下がり。

女房たちが台盤所(だいばんどころ)に集まって、

「宰相(さいしょう)の中将(ちゅうじょう)様がお見えになるんだわ。いつもの香の薫りが、こんなにも」

などと騒いでいると、中将はじきにあらわれた。

「昨夜から、父の邸(やしき)におりまして、そのまま父のお使いでこちらへ。『東の対の紅梅の下に埋めておいた薫物(たきもの)、今日の退屈しのぎにお試しあれ』とのことですよ」

中将はみごとな枝ぶりの紅梅に、白銀の壺(つぼ)を二つ結わえつけている。

女房のひとり、中納言の君は壺を受け取り、御帳(みちょう)の内側の中宮に差し上げた。主(あるじ)の中宮は、たくさんの香炉で若い女房たちに試させ、その様子を覗(のぞ)いて見てから、御帳の傍らのご座所に横座りしてくつろぐ。紅梅色の袿(うちき)に、重なり合う豊かな髪の先だけが御帳の隙から見える。中宮は、女房たちがとりとめない物語をひそやかに語っているのを、しばしその姿勢で聞いていた。

中将の君が、

「この火取りの香炉を見ていると、ある人がしみじみ語ったことが思い出される」

と漏らすと、年かさの女房、宰相の君が、

「なんでしょう。中宮様もご退屈でいらっしゃるし、話してくださいな」

と水を向けるので、中将の君は、

「それでは、みなさん、後に続いてお話しくださいますね」

そう、念を押して話し始めた。

「ある姫君に、忍んで通ってくる男があったという話です。たいへんかわいらしい子どもまでもができてしまって、いとおしいとは思いながらも、やかましい本妻がいたのでしょう、男の足は遠のきがちだったのですが、子どもが父親を忘れもせずにたいそう慕うのがかわいくて、時々は男の邸に連れて行ったりした。姫君も『すぐに返してください』などとは言わずにいたものでした。しばらく間を置いて立ち寄ってみれば、子どもがとても寂しそうなので、男にも、もっと会いたいという気持ちがこみ上げたのか、頭を撫でつつ顔を見ておりました。長居できない用事もあるので、もう発とうというときになって、いつもの習いで、子どもがひどく慕ってくるのをかわいそうに思い、『じゃあ、いっしょに行こうか』と抱いて出た。それを姫君はとてもつらそうに見送って、目のまえの火取りの香炉に手をやり、

　こだにかくあくがれ出でば薫物のひとりやいとど思ひこがれむ
　——子（香）さえも慕って行けば一人きり　火取を前に思いこがれる

と、こっそりくちずさんだのです。男はそれを屏風の後ろで聞いてしまって、ほんとうにかわいそうに思い、子どもも返し、自分もそのまま居てしまったそうです。私はこの話を聞かせてくれた人に、『どんなにその女の気持ちに打たれたことでしょうねえ』『お二人は並大抵の仲ではなかったでしょう』と言ってみましたが、誰のことだとも言わずに、その人は笑いに紛らせて話を終わりにしてしまいました。

　さあ、次は中納言の君の番ですよ」

中将の君が言うと、中納言の君は、

「とんでもない香炉（火取）話を、中宮様のお耳に入れることになってしまいましたわ。ああ、それではごく最近の話をお聞かせしましょう」

と語り始めた。

「去年の秋のころ、清水寺に籠っていたときのことです。部屋は、屛風を立てて、頼りなく仕切ってあり、向こう側からたいへんよい香りが漂ってきましたが、人は少ないようでした。ときおり泣き声が洩れてきたりするので、お勤めをしているのは誰だろうと、耳を澄ましておりました。明日は籠り明けという夕方のことです。風がたいへん強く吹いて、木の葉がはらはらと滝のほうへ乱れ散り、色鮮やかな紅葉などが、部屋の前に隙間なく散り敷かれているのを、中仕切りの屛風の近くに寄って眺めておりますと、とてもひそやかに、歌が聞こえてまいりました。

いとふ身はつれなきものを憂きことをあらしに散れる木の葉なりけり

――世を厭うこの身を散らす風はなく　木の葉ばかりを嵐は散らす

『風前の木の葉になりたい』と、ほとんど聞こえないくらいのつぶやきを耳にしまして、ほんとうにおかわいそうにと思ったのですが、さすがに、すぐに歌を返すのはためらわれて、そのままに終わりました」

それを聞くとみなは、

「まあ、そのままになさったわけではないのでしょう」

「もしも、ほんとうのことなら、ご遠慮が過ぎますね」

口々に言った。

「さあどうぞ、少将の君」

中将の君が言い、少将の君は、

「筋道立ててお話しするのは苦手なのですが」

前置きをして話し始める。

「私の伯母（おば）が、東山あたりの寺で行を勤めておりましたところ、私もいっとき後を追って行っておりました。庵主（あんじゅ）の尼君のところには、たいへん身分の高い方々が相当いらしているようで、しかも、人目に立たぬよう、忍んでいらっしゃるようでした。物を隔てて感じられるけはいが、たいそう気高く、ただならぬ方と思えて、どんな様子か見てみたくなり、粗末な障子の紙に穴を開けて覗いてみたのです。そこには御簾に几帳を添えて、端正な法師二、三人を座らせ、すばらしく美しい女性がおりました。几帳の傍に寄りかかってうつむいており、法師を近くに呼んで何か言いました。何を話しているのか、聞き分けられるほど近くはありませんでしたが、尼になりたいと相談しているようでした。法師は迷っている様子でしたけれども、どうしてもと言い募るので、それではと、身の丈に一尺ばかり余るかと見える、流れ方といい、裾のひろがりといい、たいへん美しいお髪を、几帳の帷子の隙間から、たわめて押し出して櫛の箱の蓋に受けました。傍らには、さらに少し若々しい、十四、五歳くらいかと思われる人がいて、髪は背の高さから四、五寸ほど余るような長さで、薄紫色の上品な襲に、紅の練絹の袿を重ねて着て、顔を袖に押し当て、ひどく泣いていました。あれは、妹君だろうと思われました。それから若い女房が二、三人、薄紫色の裳を腰にまとった正装で席にいまして、どうにも涙を止められない様子でありました。頼りになる乳母のような人はいないのだろうかと、気の毒に思われて、私は扇の端に、小さな字で、

おぼつかな憂き世そむくは誰とだに知らずながらも濡るる袖かな

——なぜかしら　出家なさるはどなたかを知らぬながらももらい泣きする
と書いて、傍にいた女の童に持たせてやりました。すると、あの妹君らしき方が返事を書いたようで、やがて女の童に渡したので持ってこさせました。その書きぶりが、なんとも奥深く品があり、みごとなものでした。私はへたな字で歌など書いて届けたことが恥ずかしくなりまして……」
そんなことを話していたら、帝が中宮を訪ねてこられたので、その折に紛れて少将の君もほかの女房たちも姿を消してしまった。

虫好きのお姫様

原題・虫めづる姫君

蝶々好きの姫様の邸の隣に、按察使の大納言の娘が住んでいた。他の姫様とは比べものにならないほどに、両親がそれはたいせつに育てていた。

この姫様は言うことがふるっている。

「世間の人々が、蝶よ、花よと、もてはやすのは、あさはかでみっともないことよ。人というものはね、誠意があって、本質を追い求めてこそ、立派な心延えと思われるわ」

そして、見るもおそろしげな虫をあれこれ集めて、

「これが、成長する状態を観察します」

と、とりどりの虫籠に入れて眺める。

「毛虫が思慮深そうにしている姿って、心打たれるわね」

朝晩、額髪を無造作に耳にひっかけ、毛虫を手の平に乗せてかわいがり、飽かず見守っていた。

若い女房たちはおじけづいて困惑しているので、物おじしない、身分のあまり高くない男の童（わらわ）を召し寄せて、箱の虫たちを扱わせ、名前を訊（き）いたり、新しい名前をつけたりして、楽しんでいる。

「人間、表面をとりつくろっちゃ、だめ」という信条で、眉毛などもいっこうに抜かない。お歯黒も、「めんどくさい。それに汚い」と、つけず、笑えばまっ白な歯がのぞき、虫たちばかりを朝な夕なに愛（め）でている。女房たちが怖がって逃げ出すと、姫様の部屋はものすごい騒ぎとなったものだ。こうして怖がる者たちを、

「どうしようもないわね、はしたないったら」

と、毛深い眉をひそめて睨（にら）みつけるので、女房たちは身の置きどころのない思いをしていた。

両親は、「ひどい変わり者で、姫君らしくない」とは思うものの、「きっと何か悟っていることもあるんだろう。妙なもんだ。姫のためを思って言って聞かせても、深く達観したようなことを答えてくるから、わが娘ながら近づきが

たい」

と、娘に会うのも、気が重い様子。

「しかし、なんというか、人聞きが悪いではないか。ふつうの人間は、見た目の美しさを好むものだろう。『薄気味の悪い毛虫をおもしろがっているそうだ』などと、世の人の耳に入るのは、ほんとうにみっともないことなんだぞ」

と小言を言ってみるが、姫様は、

「気にしません。森羅万象を探究して、その行く末を見届けてこそ、事の成り立ちがわかるのです。見た目で評価するなんて、なんて拙（つたな）いの。毛虫はね、蝶になるんですよ」

と、ちょうど変化するところを、虫籠から取り出して見せてくれる始末。

「絹だって、人々が着用するものでしょう、蚕は、まだ羽も生えぬうちから糸を作り出すのに、蝶々になってしまったら、何もできない。毛虫にとってはぴらぴらした死装束を着たも同然。すっかり役立たずになってしまうのよ」

これでは返す言葉もなく、あきれるしかないのだった。

その上、両親とも几帳（きちょう）越しに対面する堅苦しさで、「鬼と女とは、人前に出ないほうがいい」と独自の哲学がある様子。母屋(もや)の簾(すだれ)を少し巻き上げて、几帳を押し出し、得意げに理屈をこねている。

若い女房たちは姫様の言葉を聞いて、

「たいそう毛虫を持ち上げているけれど、はっきり言って頭がおかしくなりそうだわ、あのお遊びときたら」

「蝶々好きのお隣のお姫様にお仕えしてる女房たちって、幸運よねえ」

と言い合う。兵衛(ひょうえ)という女房が、

いかでわれとかむかたなくいてしがな烏毛虫(かはむし)ながら見るわざはせじ

――どうしたら姫を説得できるのか　毛虫は二度と見るのも嫌よ

と言えば、小大輔(こだゆう)という女房が、

うらやまし花や蝶やと言ふめれど烏毛虫くさきよをも見るかな

――うらやまし花や蝶々と遊ぶ人　毛虫まみれの世を見ていると

など言って笑う。

「嫌よねえ、姫って、眉もまるで毛虫じゃない」

「それでもって、歯ぐきは、毛皮を剝いた芋虫ってとこ」

他の女房たちも言いたい放題。そこへ左近（さこん）という女房がやってきた。

　冬くれば衣たのもし寒くとも烏毛虫多く見ゆるあたりは
　――冬になりゃ暖かいわよ毛がいっぱい　見てよこの部屋毛虫がいっぱい

「いっそ着物なんか着なくたっていいんじゃないの」

などと言い合っていると、こうるさい先輩女房がやってきて、

「お若い方々、何事ですか、騒々しい。蝶々好きのお姫様なんて、ちっともよくはありませんよ。まったく感心しませんね。いいですか、毛虫を並べて、それを蝶のように愛でろと言ってるんじゃないのよ。うちの姫様がおっしゃるのは、脱皮のことですよ。その過程を研究していらっしゃるんです。お考えが深いじゃありません

か。蝶々なんてものは、捕まえると、手に鱗粉（りんぷん）がついて、なんとも気持ちの悪いものです。蝶は捕まえると、おこりの病を引きおこすともいうじゃないの。ああもう、縁起が悪いったらないわねえ」

とまで言うので、若い女房たちは余計に憎たらしくなってきて、さんざん陰口を叩（たた）くことになるのだった。

虫たちを捕まえる童には、なんでも欲しがるものを姫様が与えるので、童たちは見た目の奇怪な虫たちを、あれこれ集めては差し上げている。

「毛虫はねえ、毛並みはおもしろいんだけれども、歌や故事を思い出すよすがにならないから、物足りないわ」

姫様はそう言って、かまきりやかたつむりなどをとり集めて、それらに関する詩歌を大声で歌わせて鑑賞し、姫様自身も、

「蝸牛（カタツブリ）ノォ、角上（ツノノガミ）ニィ、何事ヲカァ、争フゥ」

などと、白楽天（はくらくてん）の詩を声張り上げて詠唱したりする。

童たちの名前も、ありきたりではつまらないからというので、虫の名前をつけた。ケラ男（オ）、ヒキ麿（マロ）、カナヘビ、イナゴ麿、雨彦などとつけて、召し使っていた。

こんなことが、世の中に知れ、聞くに堪えない噂を人々が流すようになったころのこと。ある上達部の御曹司で、血気盛んで物おじせず、見栄えもいい男が、姫様の評判を聞きつけた。

「どんなに妙な姫様でも、これは怖がるに違いない」

御曹司は、立派な帯の端を蛇そっくりに仕立て、動くような仕掛けをし、鱗模様の懸け袋に入れて、手紙を結びつけて届けさせた。

　はふはふも君があたりにしたがはむ長き心の限りなき身は
　――ハイハイでお傍についてまいります　長く変わらぬ心のままに

これを、考えなしの女房が姫様のご前に持って出て、

「袋みたいです。持ち上げるだけでも、妙に重たくって」

そう言いながら開けると、蛇が鎌首をもたげた。

女房たちは、仰天して大声で叫び出したが、お姫様は悠然と、

「南無阿弥陀仏、南無阿弥陀仏」

と唱え、

「前世の親かもしれないでしょう。大騒ぎしないの」

女房たちを諌めつつも、声は震え、顔をそむけている。

「美しい人間の姿のときだけ、血のつながりがあると思うのは、よくない考えですよ」

そうつぶやいて、近くに引き寄せたものの、さすがに怖くなってしまったので、立ったり座ったり、蝶のように落ち着きをなくし、声が裏返ってまるで蟬が鳴いているよう。

それがあまりにもおかしいので、女房たちはお姫様のご前から逃げ出してきて笑いこけたものだったが、とにもかくにも、かくかくしかじかと父君に報告をした。

「なんともあきれた、気味の悪いことを聞かされたものだ。蛇などというものを見ていながら、姫を置いてみんな逃げてしまうとは、まったくけしからん」

聞くなり、大納言殿は、自ら太刀をひっさげて駆けつける。しかし、よくよく見ると、本物そっくりに作った偽物だったので、手に取って、

「ずいぶん、細工のうまい人だねえ」

と感心し、

「おまえが得意になって、虫を褒めたたえていると聞いて、こんな悪戯（いたずら）をしかけたんだろう。返事を書いて、早く送ってあげなさい」

言い置いて、父君は引き上げた。

女房たちは作り物だと聞いて、

「なんて嫌なことをする人なんでしょう」

と、憎々しげに言い、

「なんだか落ち着かないから、返事をお書きになっては」

と勧めるので、お姫様は、ごわごわした無風流な紙に返事を書いた。幼い姫様はまだ平仮名を習っていなかったので、片仮名で、

チギリアラバヨキゴクラクニユキアハムマツハレニクシムシノスガタハ

――縁あれば極楽浄土で逢（あ）いましょう　長虫姿はごめんだけれど

これに、「お釈迦(しゃか)様の奥方の耶輸陀羅(やしゅだら)さまがいらっしゃるという福地の園でね」と加えて返した。

御曹司は右馬佐(うまのすけ)という者だったが、それを見て、「なんとも風変わりな、ケッサクだね、これは」と思い、かえって「どうしても姫君を見てみたくなった」ということで、友人の中将(ちゅうじょう)と申し合わせ、身分の低い女の姿に変装し、按察使の大納言の出かけた隙に邸にやってきた。

姫様の部屋の北側の塀の傍に隠れて覗(のぞ)いてみると、どこにでもいそうな男の童が植込みの中を行ったり来たりして、

「この木全部に、ものすごくいっぱい這(は)ってる、素敵な毛虫ですよ」

と叫ぶ。

「これをご覧なさい」

簾を引き上げ、

「ほんとうにかわいい毛虫の行列ですよ」

と伝えると、賢そうな声で姫様が答える。

「興味津々だわ。こっちに持ってきて」

「すごい数なので、選んで持って行くことができません。この場所でご覧になるのがいちばんです」

　男の童が言うものだから、姫様は大胆に庭に踏み出した。

　簾を押して身を乗り出し、毛虫の行列する枝を、目を瞠って眺めている姫様の姿は、着物を頭にひっかぶり、髪も前髪だけは美しいけれど櫛を入れないので色つやもなく、眉は黒々としたのが際立っていて、化粧もせず、そっけない様子。口元には愛嬌があってきれいでも、お歯黒をつけないのでどんくさい感じだ。右馬佐は「化粧すればかわいいのになあ。残念だ」と思ったものだ。

　こうまでなりふりかまわない姿でありながら、みにくくはなく、奇抜ではあるが、格別な気品があるので、あっけらかんとしすぎているのがなんとももったいない。薄黄色の、綾織りの袿一重に、こおろぎ模様の小袿一重を重ね、白い袴を好んで穿いている。

　枝の毛虫をよく見たいと身を乗り出し、

「まあ、すばらしい。日に照りつけられるのが苦しくて、こちらに来るんだわ。一つも残さず、こちらへ追い落としてちょうだい、そこの、おまえ」

姫様が指図すると、男の童が虫を突き、ぱらぱら毛虫が落ちてくる。姫様は、墨で字の手習いをした白い扇を差し出して、

「これに乗せて」

と言うので、男の童が毛虫を扇に拾い入れる。見ていた公達はあきれ果て、「才覚のある大納言のお宅に、とんでもない姫があったもんだ」と思う一方、右馬佐は、「こりゃすごいや」と妙に惹かれていくのだった。

童のひとりが気づき、

「塀のあたりに、かっこいい男の人が、とても妙な姿で覗いてます」

と注進におよんだ。

大輔の君という女房が、

「あら、たいへんだ。姫様ったら、いつものように毛虫に夢中で、外から丸見えなんじゃないかしら。お知らせしなくては」

と馳せ参じると、思ったとおり、姫様は簾の外にいて、大声を上げて毛虫を払い落とさせていた。なんとも気味が悪いので、近くには寄らないまま大輔の君が、

「お入りになってくださいませ。外からすっかり見えていますよ」

と忠告したが、「虫で遊ぶのをやめさせようと思って言ってるのね」と臍(へそ)を曲げた姫様は、

「だからなによ。恥ずかしくなんかないわ」

といっこうに聞かない。

「まあ嫌だ。嘘(うそ)だとお思いなんですか。そこの立蔀(たてじとみ)（目隠し）の傍に、とてもご立派な殿方がいらっしゃるんですのに。毛虫は奥でご覧になってください」

　大輔の君の言葉を聞いて、

「ケラ男、あっちに行って見ておいで」

と、姫様。童が走って見てきて、

「ほんとうに、いましたよ」

と言うと、姫様はびっくり、立ち上がって走り出し、毛虫を袖に拾い入れて、奥に駆け込んだ。

　背の高さは高くもなく低くもなく、髪の毛も袿にかかる豊かな長さ、毛先を揃(そろ)えて切っていないのが難だけれど、顔だちは整っていて、なかなか魅力的。右馬佐は、

「彼女ほど素敵ではなくたって、ふつうの女の子らしく雰囲気や態度をそれなりにしていれば、見られるのにな。うんざりするような恰好だけど、清々しいし、気品もある。玉に瑕なのが、あの変人ぶりだよ。もったいないなあ。なんだって、あんな気味の悪い気性なんだろう。こんなにもとはいいのになあ」と思ったのだった。

「このまま帰るのは、つまらない。せめて、姫様のお顔を見ましたよと知らせておこう」。右馬佐は、畳紙に草の汁で歌を書きつけた。

　烏毛虫の毛深きさまを見つるよりとりもちてのみ守るべきかな

　――毛の深い虫の姿を見て以来　無視せず手に取り守りたいほど

扇を叩いて人を呼ぶと、男の童が出てきた。

「これを持って行ってお姫様に渡してくれ」

手に取らせると、童は、

「あそこに立っていた人が、姫様に差し上げてほしいって」

と持って行った。

大輔の君は取り上げるなり、

「まあたいへん。右馬佐のしわざに違いない。気持ちの悪い毛虫をおもしろがっている姫様のお顔を、見てしまったんだわ」

と嘆き、この機をとらえて姫様にありったけの愚痴をこぼし始めた。

すると姫様は、しゅんとするどころか、

「悟りを開けば、何事も恥ずかしくなどない。この世は夢幻。永久に生きる人はなく、何が悪く、何が善いのか、ほんとうに見極められる人など、ありはしないのです」

などと、とんちんかんなことを言い出すので、話をする気力も失せて、若い女房たちは、めいめい、ああもう嫌だわ、情けない、という思いを伝え合った。

右馬佐たちは、返歌が来ないはずはないと、しばらく立ったまま待っていたが、中では童たちもみな呼び入れて、ああどうしようもない、情けないと憂えているばかり。

それでも女房たちの中には、右馬佐たちが待っているのに気づいたのもいたものか、姫様に代わって文を書いた。

人に似ぬ心のうちは烏毛虫の名をとひてこそ言はまほしけれ
——変わり者の私の心は虫（無視）ですか　まず貴方（あなた）から名乗ってください

右馬佐は、

烏毛虫にまぎるるまつの毛の末にあたるばかりの人はなきかな
——毛虫似の眉一つ持たぬ私など　どうして貴女と釣り合いましょう

と、笑って帰って行ってしまったという。
続きは二の巻で。

恋も身分次第

原題・ほどほどの懸想

賀茂（かも）神社の祭のある四月は、何もかもが今風の装いに華やぐようだ。みすぼらしい小さな家の半蔀（はじとみ）（戸）までもが、葵（あおい）を飾るなどして、小気味よく感じられる。少女たちが、袙（あこめ）や袴（はかま）で清々（すがすが）しく装い、美しいお守り札なども下げ、化粧もして、私が誰よりいちばんとばかりに競い合う姿で、都大路（みやこおおじ）を得意げに行き交うのを見るのは風情のあるものだが、わけても、少女たちと身分の釣り合う小舎人童（こどねりわらわ）や近衛府勤務の随身（ずいじん）などがその姿に心惹（ひ）かれるのは当然のことだろう。

それぞれ相手を決めて、戯れに言い寄っても、たいして何事も起こらないものだが、大勢の中に、どこから来たのか、薄紫の衣を着て髪がふくらはぎに届くばかりの長さの、顔だちも姿も、なにもかもがたいへん美しい少女がいた。頭中将（とうのちゅうじょう）の小舎人童は、理想の女の子を見つけたとばかりに、みごとに実った梅の枝に葵を飾っ

て手渡し、

　梅が枝に深くぞたのむおしなべてかざす葵のねも見てしがな

　――梅の枝に願いをかける葵飾り　葉だけではなく根（寝）も見てみたい

と文を送った。

　しめのなかの葵にかかるゆふかづらくれどねながきものと知らなむ

　――しめ縄の葵にかかる木綿の根はとても長いの　すぐには無理ね

突っぱねた返事をするのも、機転がきいて洒落ている。

「なんだよ、その物言いは。俺だってすぐに寝ようとは言ってないぞ」

小舎人童は、手にした短い枝で少女をぽんと叩いたので、

「それよ、その木（気）の短さが、嫌なのよ」

と少女も応じ、それぞれ相手への想いに悩んでいるらしい。その後、二人は逢瀬

を重ねて恋を語る仲になった。

どういう経緯か、その少女は亡くなった式部卿の宮の姫君に奉公するようになった。父宮が早く亡くなったので、姫君は心細く思い、世を嘆きながら下京あたりの八条の宮に、召し使う人も少なく暮らしていた。母君は、式部卿の宮の逝去した折に、尼そぎにして出家した。皇族の血を引くので当然ではあるが、姫君が人に優って美しく成長しているので、

「どうしたものだろう、父君は入内させようと決めていらしたけれど。それもいまは叶わないし」

などと、母君も思い煩っていた。

少女の恋人になった小舎人童は、通ってくるたびに、邸内が寂しく寒々しいのを見て、頼りなく思って言った。

「うちのご主人様を、この宮の姫君のもとへ通わせて差し上げよう。まだ決まった方がいないのだし、すごくいいんじゃないかな。きみの勤め先が遠くなってしまったので、これじゃ思うように通えない。なおざりにしていると思われてるのもつら

いよ。こっちも、きみがどうしているかと気になってしかたがない、いろいろと気がもめるしね」

「いまはぜんぜん、結婚のことなどは、考えていらっしゃらないという話よ」

少女は答えた。

「ご容貌は、美しいのかな。どんなに高貴な姫君たちでも、見た目に欠点があると、ちょっと惜しい感じがするけど」

「まあ、いやらしい。欠点なんか、あるもんですか。お目通りの叶った方々がおっしゃるには、『どんなに気難しい人も、姫君のご前に出れば、ぱっと気持ちが明るくなる』って」

二人はこのように話して、夜が明けたので小舎人童は帰って行った。

そうこうするうちに、年が明けた。

頭中将の邸に仕えている、惚れっぽいのか、まだ妻と定めた女もない若者が、小舎人童に訊ねた。

「おまえ、女のところへ通っているようだが、どこなんだ？　なかなかの場所なのかい？」

「八条の宮です。知っている女房などもいないわけではありませんが、とりわけ若い女房となるとあまりたくさんは。ただ、中将や侍従の君などという女房は、器量もよさそうだと聞いています」

「それなら、手引きしてくれよ」

若者が手紙を持たせるので、

「どっちの女房でもいいんですか。いいかげんな恋ですねえ」

小舎人童も半ばあきれながらも持って行き、恋人の少女に手渡すと、

「ほんと、いいかげんで、やあねえ」

少女も言いつつ、姫君に仕える女房に手紙を持って上がった。

「これこれしかじかの人からのお手紙です」

筆跡はきれいだった。柳の枝に結んであり、

　したにのみ思ひみだるる青柳（あをやぎ）のかたよる風はほのめかさずや

――人知れず慕う心は　青柳をかき乱す風でおわかりでしょう

「わかってもらえなければ、どんなにつらいか」と付け加えてある。

少女は、

「お返事なさらないと、ふるくさい人って思われますよ。今どきのやり方は、最初の懸想文には、お返事するものなんだそうです」

などと笑って、女房を焚きつける。

なるほど女房も、今風の女だったようで、返事を書き送った。

ひとすぢに思ひもよらぬ青柳は風につけつつさぞみだるらむ

——一筋に誰かを慕わぬ青柳は　風の噂で乱れるのでしょう

当世風の達筆による、才気ある散らし書きを見て、なかなかおもしろい女だと思いながら、若者は、手紙にじっくり見入っていた。

すると、それを主人の頭中将が見つけて、後ろから唐突に奪い取ってしまった。

「誰からの恋文だ？」

手紙をつまんだり、ひねったりして、中将が若者を問い詰める。

「これこれの人のもとへ遣わした文の返事です。いいかげんなもんですよ」

若者が答える邸の名を聞いて、じつは頭中将も、いいつてがないものかと思っていたところだったので、目に留めてじっと見ていた。

「どうせなら、熱心にくどいてみなさい。私がその邸の姫君と親しくなるときの役に立つだろう」

そう言うと、頭中将は、小舎人童を召し出して、八条の宮の有様を詳しく問いただした。小舎人童が、その心細い有様を語って聞かせると、中将は、「お気の毒に、父式部卿の宮がご存命なら」と深く同情した。季節ごとには参上して見聞を広めたことなども、あれこれ思い出されてきて、

「世の常とは言うけれど、それにしても」

などと、独り言をこぼした。わが身の行く末も、儚いものだと思われてきた。

こうして、この世をいっそう、味気ないものだと感じた一方で、どうした心の乱れかと思うほどに、八条の宮の姫君に心惹かれてしまった。その後、姫君に歌など送ったり、様子を訊ねたりしているようである。

　そのくせ、この主人も家来の若者といっしょの浮気者で気持ちが定まらず、「どうしてあの姫君に言い寄ったりしたのかな」などと、いつまでも自問を繰り返している。

一線越えぬ権中納言

原題・逢坂越えぬ権中納言

　五月を待ちかねて咲いた花橘（はなたちばな）の香は、昔の人を恋しく思い出させる。秋の夕べにも劣らぬほど、身に沁（し）みる風の中に匂い漂ってくるので、風情があり、しんみりした趣である。人里に慣れた山ほととぎすは、語るように囀（さえず）りながら舞い、空にかかる三日月は、ほのかに光を投げかける。

　そんな季節だから、権中納言（ごんちゅうなごん）も、じっとしていられなくなった。日ごろから思いを寄せている姫宮の邸（やしき）を訪ねよう――そう、思い立ったものの、あの方は思いにこたえてくれまいと悲観する気持ちにもとらわれ、別の邸に、困惑するほど自分を慕ってくれる情の深い女がいるので、いっそそちらへという案も浮かぶが、それはそれで気づまりで重苦しい、などと堂々巡りをしている。

　どうしたものかと思案していると、

「宮中で管絃の催しがあるから、いまから行こう」

蔵人少将が呼びに来た。

「帝がお待ちかねだよ」

などと急き立てるので、気が進まないものの「牛車の用意を」と命令した。

少将の、

「ずいぶん気乗りのしない様子だが、きみの約束を信じて待っている女性に、恨まれるというわけか」

という問いかけに、中納言も、

「私ごときを、恨めしいとまで思って待ってくれる女など、いるものか」

などと答え、二人は言葉を交わしながら出かけて行った。

宮中では、人々が琴や笛などを用意して、調律して待っていた。西の山の端近い月も雲に隠れ、星の光の下で演奏をするのだ。雅楽に興味のない殿上人などは、眠そうにあくびをしながら冷めた気分でいるが、残念なことである。

楽の遊びが終わり、中納言が中宮の殿舎に顔を出すと、若い女房たちが楽しそうに笑いながら、

「すばらしい方がいらっしゃったわ。あのことをお願いしなくては」

などと言う。

「何をしておられるのかな」

と、中納言。

「明後日（あさって）、根合（ねあわせ）の催しがあるのです。どちらにお味方されるおつもりですか」

「根合の菖蒲（あやめ）も物の道理（あやめ）も知らない私ですが、引き抜きがあれば、そちらに」

「あやめもご存じないのでは、右方にいらしても役に立たないでしょう、どうぞ、左の私たちのほうへお味方ください」

そう言って、小宰相（こざいしょう）の君という女房が、無理やり味方にしてしまうと、中納言の心も左贔屓（びいき）なのか、

「こんなふうに言ってくださるときもあるのだね」

と、うれしそうに笑って、帰って行った。しかし女房たちは、

「いつだって、本心をお見せにならないのがつまらない。こういうときは、もうちょっとうちとけたらいいのに」

と思っているらしい。

右方の女房は、

「それなら、こちらには三位中将（さんみのちゅうじょう）にお味方していただきましょう」

と言って、清涼殿（せいりょうでん）の殿上の間に人を呼びにやった。

こうした催しがあるので、お味方下さいとお願いすると、

「お安いご用ですよ。思いつく限りのことはしましょう」

三位中将が頼もしく言うので、

「そう来ましたか。この中将のお気持ちなら、底知れぬ泥（こひじ）（恋路）の中にも降りていって、根をお探しになるでしょう」

と、左方の女房が言った。こうしてお互いに相手方をうらやむ言葉を、中宮はおもしろがってお聞きになった。


そっけない態度だったにもかかわらず、中納言は、根合当日になって、えも言われぬ立派な菖蒲の根を持って参上した。小宰相の君の部屋をまず訪ねて、

「お考えなしに私などを味方にしていただいたのが申し訳なく、少々大人げない気もいたしましたが、奥州安積（おうしゅうあさか）の沼を訪ねるほどの気持ちで、一心に探して参りまし

た。ともかく、これで負けはないでしょう」

　と言うのが、頼もしい。いつのまに、そんなことまで思いついたのだろう、褒めちぎりたいほどの快挙と思われた。

　右方の三位中将もやってきたようだ。

「どこでやるのかな、あまり日の暮れないうちがいいだろう。中納言殿はまだいらっしゃってないのか」

　早くも挑戦的なのを、女房の少将の君が、

「まあ、みっともない。あなたこそ、お声こそ大きいけれど、遅いではないですか。あちら様は、夜明け前からいらっしゃっていて、準備を整えていらっしゃるそうよ」

　などと言い合っているところに、中納言があらわれた。

　容貌から何から、ふつうの人とは違う、周囲が気後れするほど立派な様子で、

「何事ですか。私のような老人を、挑発するのはよしてください。身動きも苦しいくらいだ」

　と、歩いてこられた。年のほどは二十歳(はたち)を一つ、二つ、越えたばかり。

「それでは、早くお始めなさい。拝見しましょう」

と言って、人々が集まってきた。

それぞれに味方する殿上人が、思い思いに取り出す菖蒲の根の様子は、いずれ劣らぬみごとさだが、左方は、さらにしっとりと優雅な美しさを添えるようにと、中納言が工夫を凝らしている。

次々に根合をしていくうちに、引き分けになりそうに見えたが、左方の、最後に取り出された根は、さらに予想を超えたすばらしさだった。三位中将は、言葉をなくして見つめたままだった。「左が勝ったようだわ」と、左方の人々の様子は、得意顔で楽しそうだった。

根合が終わって、歌合の時間になった。左方の歌詠み（講師）は左中弁、右方の歌詠み（講師）は四位少将、詠み上げている間、小宰相の君などが、どんなに気をもんでいるかが見て取れた。右方では、

「四位少将、どうなさったの、気後れしてる場合じゃないでしょう」

と、励ましながらも、中納言が左方を支えているのを、筋違いではあるけれども、ねたんでいる様子だ。

左方が、

君が代のながきためしにあやめ草千ひろにあまる根をぞ引きつる

——君が代の千歳(ちとせ)にあやかる菖蒲草　千尋(ちひろ)に余る根を引きここに

と歌うと、右方の三位中将が、

なべてのと誰(たれ)か見るべきあやめ草安積(あさか)の沼の根にこそありけれ

——誰が見ても左の菖蒲はすばらしい　まるで安積の沼の根のよう

と返歌をした。四位少将は「しかしこちらだっていっこうに劣るまい」と、

いづれともいかがわくべきあやめ草おなじよどのにおふる根なれば

——どちらとも優劣つかぬ菖蒲草　同じ淀野(よどの)に生える根ならば

と引き分けを主張する。

そこへ、帝（みかど）がこの催しを聞きつけて、どんな様子か見たいと思われて、お忍びでやってこられた。帝は中宮が見物しているところへ立ち寄り、

「おもしろい催しをしていたのに、どうして教えてくれなかったのか。中納言、三位中将などが敵味方に分かれるとは、ただのお遊びでは済まなかったことだろうな」

とおっしゃる。中宮も、

「内心、心にかけている女性でもいるのか、誰が組分けを決めたわけでもないのに、なかなか挑戦的な根合でしたのよ」

などと答えた。

「小宰相の君や少将の君の様子はたいへんな熱の入り方だな。どちらが勝っているんだい。しかし、よもや中納言が負けるようなことはあるまい」

帝と中宮の会話が、ほのかに伝わってくるのだろう、三位中将は、御簾（みす）の内を恨めしそうに見る、その目つきも、洗練されて愛敬（あいきょう）があり、際だって見えるが、しっ

とりとした美しさで周りを気後れさせるほど立派な中納言の様子は、やはり比べるもののないほどすばらしかった。

「このままあっさりおひらきにするのも、名残り惜しくて物足りない。琵琶(びわ)の音など、恋しくなってきたなあ」

中納言が白楽天(はくらくてん)の詩「琵琶行」を思わせる口ぶりで左中弁を促すと、

「俗事にとりまぎれて、すっかり忘れてしまったのですが」

と「琵琶行」に登場する女性と同じように辞退するが、逃れようもなく勧めるので、盤渉調(ばんしきちょう)に調律して、軽快にかき鳴らす。中納言も、感に堪えず趣があると感じられたか、和琴(わごん)を取り寄せて、合奏を始めた。この世の音色とも思えぬほど。三位中将は横笛、四位少将は拍子を取って、蔵人少将が、催馬楽(さいばら)「伊勢の海」を歌ったのも、声がよく通って美しい。

帝はどれも興味深く聴いていたが、中納言がこのようにうちとけて、熱心に弾くことは少ないので、珍しいと思われた。明日は御物忌(おんものい)みなので、夜が更けぬうちに、早くお帰りになるとのことで、左方の菖蒲の根で特に長い物を、証拠にと持って帰られた。

中納言も退出するというので、最後に白楽天の「階（はし）のもとの薔薇（さうび）は」と朗誦するのを、若い女房たちは飽くことなく聴き、慕ってついていきかねないほどに褒めちぎる。

帰りしな、「例の姫宮の住むあたりへも、ご無沙汰続きで気がかりになるほどだが」と訪ねたく思うけれど「もうずいぶんな夜更けになってしまったようだ」と気が引けて邸に戻り、横になってみたが寝つけず、夜がひどく長く感じられる。そして古歌の、「夏の夜を寝ぬにあけぬといひおきし人はものをや思はざりけむ（夏の夜を短い夜と言う人は恋をしたことがないのだろうか）」を思わず口にしてしまうのだった。

翌日、菖蒲の日も過ぎたが、名残りの思いをこめて、菖蒲色の紙を何枚も重ね、

　昨日（きのふ）こそ引きわびにしかあやめ草深きこひぢにおり立ちしまに

　——昨晩はわびしく引いた菖蒲草　深い泥（こひぢ）（恋路）にはまったせいで

と、姫宮に歌を送ったが、いつものごとく返事がなく、かいのなさを嘆いている

うちに、儚(はかな)く五月も過ぎてしまった。

土さえひび割れると古歌に歌われる六月の炎天にも、乾く間もないほどに涙に袖を濡らし、思いわびている中納言だったが、十日過ぎの月がくまなく照らす夕べに、姫宮のところに人目を忍んで出かけて行った。

女房の宰相の君にとりつぎを頼むと、

「お顔を拝むことすらためらわれるご立派さに、どうやっておとりつぎなどできましょう」

といったんは尻込みした宰相の君も、「しかし、それでは、物の道理も知らぬように見られるかもしれない」と思い直し、妻戸を開けて中納言と対面した。

中納言の着物から焚(た)きしめられた香が匂い立ち、離れていても移り香がしそうなほどだ。若々しい美しさ、心深く語る言葉には、北の果ての蝦夷(えびす)にすらも思いが届くに違いない。

「いつものように、かいはないかもしれないが、こう聞いたと、姫宮のお言葉の一端なりと聞かせてほしい」

たっての願いに、

「さあ、どうでしょう」

と、溜息(ためいき)まじりに奥へ入る宰相の君。静かに続いて中納言も入って行った。

姫宮の横になっているところに近寄った宰相の君は、

「たまには、端の方でお涼みなさいませ。あまり引き籠っているのは……」

と切り出し、続けて、

「いつものように、中納言様がご無理を。言葉もないほど思い詰めたご様子で、普段よりもっとお気の毒にお見受けいたします。『ただ、お一言だけでも、お伝えしたくてお訪ねしました。叶(かな)わぬなら野にも山にも身を隠してしまいたいというほどの気持ちで』と、恨み言をおっしゃいます。なんとも困り果てております」

と伝える。

「どうしたのかしら、私、少し気分が優れなくて」

と、姫宮。

「どういたしましょう」

「いつもはあなたが私にどうすればいいか教えてくれるじゃないの」

姫宮はそう言って動こうともしないので、

「では、お加減が悪いとお伝えします」

と、宰相の君が席を外す。しかし、中納言は、いつのまにか、声を頼りに尋ね当ててしまっていた。

姫宮が中納言の姿に驚いて当惑する様子に気がとがめ、

「身の程知らずな、無礼な振舞いはけしていたしません。ただ、一言お言葉を」

言い終わることもできず、涙をこぼす中納言の姿は、恋のためになりふりかまわなくなった人そのものだった。

宰相の君は姫宮の部屋から出てみたが、人影もない。「返事を聞いてからならお帰りにもなるだろうけれど、どこにいらしたのかしら。女房と話でもしていらっしゃるのだろうか」と思って、しばらく待っていたが、あらわれない。

「なまじ、聞いてもしかたのないような返事は聞きたくないと、お帰りになってしまったのでしょう。お気の毒に。私だったらこんな帰し方はしないのに」

宰相の君も同情したが、そのまま、愚かしくぼんやり思いふけって、姫宮の部屋の内に思い至らなかったのは、迂闊（うかつ）だった。

姫宮は、さすがに困惑してはいたけれど、気の強い態度を崩さなかったので、夏の短い夜は明けようとしていたが、中納言も荒々しいことはできかねた。切ない心をわかってほしいと思うのか、姫宮がつらそうにしていても、立ち去ろうとはせず、「この場を見る人がいたら、二人には何かあったと思うだろうが」と、姫宮がかわいそうになってくる。
「この先も、私の心をおわかりにならず知らん顔されるのなら、たいへんつらいことです。やはり、私につらく当たろうとお思いなのですね。世間の人々は私たち二人が一線を越えていない関係だなどとは思わないでしょうが」と、次の歌を詠んだ。

うらむべきかたこそなけれ夏衣うすきへだてのつれなきやなぞ
——夏生地の薄い衣にさえぎられ　叶わぬ恋に誰を恨もう

貝合（かいあわせ）

原題・貝合

九月の有明の月に誘われて、蔵人少将(くろうどのしょうしょう)は指貫(さしぬき)の袴裾(はかますそ)を慣れた様子で膝下まで引き上げ、随身(ずいじん)の小舎人童(こどねりわらわ)一人を連れて、お忍びで出かけた。朝の霧が、その姿を隠さんばかりに深く立ちこめる中、

「風情のある家で、戸の開いているところはないものかな」

と言いながら歩いていくと、いい雰囲気に木立のある家から、七絃(げん)の琴(きん)の音がかすかに聞こえてくる。少将はうれしくなって、その邸(やしき)の周りを回ってみた。

門の傍らに、入りこめる崩れた塀などがあるかと見て回るが、たいへんしっかりした築地(ついじ)ばかりで、すっかりがっかりしてしまう。

「どういう方が、こんなふうに琴を弾いているのだろう」

と、どうしようもなく好奇心が湧くけれど、忍び込む手立てもないので、例のご

とく、声のいい随身に和歌を吟じさせた。

　ゆくかたも忘るるばかり朝ぼらけひきとどむめる琴の声かな

　——琴の音が東雲の中を引き留める　行く先すらも忘れるほどに

歌わせておいて、しばらくの間は、「内側から人が出てこないかな」と心ときめかせていたのだが、何事も起こらず、残念に思いながら通り過ぎた。

しばらく行くと、たいそうかわいらしい童女が四、五人ばかり行ったり来たりし、小舎人童、下男なども、立派な小箱を捧げ持ったり、趣のある手紙を袖の上に乗せたりして、出入りする家がある。

「何事だろうか」と知りたくなって、少将は人目のない隙に、そっと忍び入った。

びっしりと茂ったススキの中に立っていると、八つ、九つくらいの、たいへんきれいな少女が、薄紫色の衵に紅梅色の上着などを着崩して、小さな貝を瑠璃の壺に入れ、向こうから走ってくる。あわてているようなのを、かわいらしいなあと思って見ていると、直衣の袖を見て少女が、

「ここに人がいるわ」

と遠慮もなく言う。困った少将が、

「静かに。お話ししたいことがあって、こっそりやってきたんですよ。こっちへいらっしゃい」

と言うと、

「明日のことを考えると、いまは忙しくてとっても落ち着いていられないんです」

少女は早口でまくしたて、いまにも行ってしまいそうである。

少将は興味をそそられ、

「なぜそんなに忙しいのかな。私を信じてくれるなら、かなりな力にならないでもないんだが」

と言ってみた。少女はあわてていたのを忘れたように立ち止まって、

「私のお仕えする姫様と、北の方の姫君とで貝合(かいあわせ)をしようということになったんです。この二月(ふたつき)、三月(みつき)というもの、うちの姫様もたくさん集めていらっしゃるけれど、あちらの姫君の方には、大輔(たゆう)の君、侍従の君などの女房がついていて、『姫君が貝合をなさいますので』と、ずいぶんとあちこち探し求めていらっしゃるのです。う

ちの姫様は、弟君おひとりしか頼れる方もおらず、途方にくれておられます。いまも、姉君様のもとへ使いを遣ろうとしていらっしゃるの。では私、もう行きますね」

と言うと、また思い出して立ち去ろうとする。

「その姫君たちの、くつろいでいらっしゃる様子を、格子の陰あたりから見せてもらえないかな」

「私がそんな手引きをしたと、人に知れたらどうなることか。母にも気をつけるように言われているのです」

と少女がおじけづくのを、

「ばかなことを。私はたいへん口が堅い人間だよ。姫君を勝たせて差し上げるか、差し上げないかは、私の心ひとつで決まるんだ。どうするんだね。貝の勝負は」

と、少将は言う。すると、あまりよく考えずに少女は、

「それならお帰りにならないでね。隠れる場所を作って居させて差し上げるから。みんなが起きてこないうちに、さあ、こちらへ」

と言って、西の妻戸の、屏風をたたんで寄せてある陰に少将を留まらせた。

「思いがけない方向へ話が転がっていったものだが、あんな小さい子を頼りに隠れていて、もし見つけられてしまったら、ずいぶん具合の悪いことになるなあ」

などと思いながら、少将が隙間から覗いてみると、十四、五歳くらいの女の子や、もっと若い、年端もゆかないものばかりが十二、三人ほど、先ほどの少女のようなのとともに、手に手に貝を小箱に入れたり、物の蓋に入れたりして、持ち歩いて、騒いでいる。そんな中に、母屋の簾に立てた几帳の端を上げて、こちらに乗り出してきた人があった。ほんの十三歳ばかりだろうかと見えて、額髪のかかる顔つきから何から、この世のものとは思えぬほどの美しさで、萩襲の織物の袿に、紫苑色の上着を重ねて着て、頰杖をつき、たいへん物悲しそうである。

「どうしたんだろう」「お気の毒に」と見ていると、十歳ばかりの男の子が、朽葉色の狩衣、二藍色の指貫の袴を着崩し、硯の箱よりは少し小さい紫檀の箱のたいそう立派なものに、すばらしい貝をいくつも入れて持ってきた。

「思いつくところはくまなく探したんだ。承香殿の女御様のところへ伺って訳を話したら、これを下さったけれど、侍従の君が言うには、大輔の君が、藤壺の女御様から、すごくたくさん賜ったとか。すっかり、ありったけ集めてたいへんな量になってるらしい。こちらはどうするつもりだろうと、道々、心配しながら来たんだけど」

顔を赤くしながら、そう言い募るので、姫君もいっそう心細くなって、

「つまらないことを言い出してしまったわね。こんなことになろうとは思わなかったのに。あちらは大騒ぎで貝を探しているのよね」

と言うと、弟君は、

「探してるなんてもんじゃない。『内大臣殿の奥方のもとにまで、お願いに人を伺わせている』とまで言っていたよ。こちらにだって、母上さえ、いらっしゃればなあ。こんなみじめな目には遭わないのに」

と、涙さえこぼしそうな様子。少将が、かわいらしいなと思って見ていると、先ほどの少女がやってきた。

「東の姫君様がこちらへいらっしゃいます。貝をお隠しになってください」

みんながあわてて、調度を入れておく納戸に、貝を片付け、何事もなかったかのようにしていると、最初の姫君よりは少し大人びて見える姫君が入ってきた。山吹（やまぶき）襲（がさね）、紅梅襲（こうばいがさね）、薄朽葉襲（うすくちばがさね）という、襲の色が不調和で、着ぶくれている。髪はとても美

しく、かかとまでに少し足りないくらいの長さだろうか。こちらの姫君と比べると、ひどく見劣りするように、少将には見える。

「弟君が持ってこられたはずの貝は、どうしてないの。『あらかじめ探したりしないことにしましょう』なんて、貴女(あなた)ったら油断させるものだから、私、すっかりその気にさせられてしまって、露ほども探し集めなどしていないのに。ああ、悔しいったら。よろしければ少し、分けてくださらないかしら」

などと言う様子が、ほんとうにしたり顔なので、少将も憎たらしくなってきて、

「どうかして、こちらの姫君を勝たせてあげたいものだな」と、肩入れする気持ちになってきた。

　こちらの姫君は、

「私のほうでも、よそへ探し求めはしなかったのに。何をおっしゃるの」

と答える。じっと座っている様子が、じつにかわいらしい。東の姫君は、あたりを見まわしてから引き上げた。

先ほどの少女が、同じような子どもを三、四人ばかり連れてきた。

「私のお母さん、いつも観音経を読んでいるの。どうか、観音様がうちの姫様を負

けさせませんように」

ちょうど、少将の隠れている妻戸のほうに向かって、手を合わせてお祈りしている顔がかわいい。少女が少将の存在をばらしてしまわないかと心配したが、やがて、みんな立ち去って、向こうに行ってしまった。そこで少将は小さな声で、

かひなしと何なげくらむ白波も君がかたには心寄せてむ
――貝なし（甲斐なし）と嘆くあなたに味方する　私の心は寄せる白波

と言ってみた。耳さとく聞きつけた少女たち、

「今、味方するって言ったわ。聞こえたでしょ」

「誰が言ったのかしら」

「観音様がいらしたんじゃないの」

「うれしいわあ。姫君様にお知らせしましょう」

そんなことを言いながら、少し怖かったのだろう、いっしょになって走って行った。

「あの子たち、いらないことを言って、このあたりを探されて、見つけられてはかなわないな」

　少将は心中穏やかでなく、さすがに胸がどきどきしていたが、少女たちはただあわただしく、

「こんなふうに、お祈りしましたら、仏様がお話しになりました」

　と語り、姫君はとてもうれしそうな声で、

「ほんとうなの？　ちょっと怖いみたいな感じね」

　と応じ、頬杖をつくのを止めた。目元も赤らんできて、たいへんかわいらしく美しい。

「どうでしょう、この組入れの天井から、うっかり貝が落ちてきたりして」

「そんなことがあったら、ほんとに仏様のご加護と思いましょうね」

　などと話し合っているのも、なかなか見ものだった。

「早く邸に帰って、どうにかして、この姫君を勝たせたいものだ」

　と少将は思うけれど、昼間のうちは人目につかずに外に出るわけにいかないので、ただあたりの様子を眺めて待ち、夕霧にまぎれてようやく抜け出した。

邸に戻ると、みごとな州浜（すはま）の装飾台の、三つに仕切ったものを、くぼみをつけ、美しい小箱を据えて、種類も色もさまざまな貝をたくさん入れ、上には白銀や黄金をあしらった蛤（はまぐり）やうつせ貝などを、びっしりと敷き詰めた。手紙の文字はとても小さく、

　白波に心を寄せて立ち寄らばかひなきならぬ心寄せなむ

——白波を頼りに祈るあなたには　貝ある（甲斐ある）助けが　ほらこのように

と、結びつけて、例の随身に持たせて出かけた。

まだ朝早くに、姫君の邸の門のあたりにたたずんでいると、昨日の少女が走ってくる。

少将はうれしくなって、

「このとおり、だましたりしませんよ」

と、懐から立派な小さな箱を取り出して渡し、

「誰からの贈物とも知らせずに、これを置いてこさせなさい。さて、今日の貝合の様子は見せてくださいよ。それでは、また」

と言うと、少女は、たいそう喜んで、

「昨日の戸口にいらしてくださいな。あそこは、とくに今日などは人もいないでしょう」

と言い置いて奥へ入った。

昨日準備した州浜を、随身に、南の高欄に置いてこさせ、少将は隠れ場所の妻戸の陰に入った。そっと隙間から覗くと、同じ年頃の少女たちが二十人ばかり、着飾って、格子を上げてせかせか立ち働いている。上げた格子の前に置いてあった州浜を見つけて、

「不思議なことだわ」

「誰がなさったの、誰がなさったの」

「こんなことをしてくださる方はいないわよ。あ、思い当たったわ。昨日の仏様のなさったことじゃないかしら」

「慈悲深い仏様ねえ」

少女たちの喜び騒ぐさまが、ほんとうに尋常ではない大騒ぎだったので、少将は心から愉(たの)しんで、こっそり見守っていたということだ。

姉妹二人に少将二人

原題・思はぬ方に泊りする少将

昔の物語などには、こうした話も聞いたことがあるけれど、ほんとうにはなかなかない、しみじみと浅からぬ宿縁のしのばれるできごとである。長い年月が経(た)ってしまっただけに、ひとしお感慨深く思われる。

大納言には二人の姫君があった。物語に書かれたすばらしい姫君にも劣らぬほど、何事につけても優れて成長したが、大納言も母上も、次々に他界したので、昔ながらの古里である大納言の邸(やしき)に、心細く、物思いにふけりながら暮らしていた。きちんと世話をする乳母(めのと)などもなく、侍従、弁などという若い女房しか傍らにはいなかったので、年とともに人の往来もほとんどなくなっていったお邸に、姫君たちはたいへん寂しく暮らしていた。

そこへ、右大将の御曹司の少将が、噂を聞きつけて、なんとも熱心に求婚し始めた。姫君たちには、まったく思いもよらないことだったので、懸想文に返事を書こうとも思わなかった。ところが、少納言の君という色事の好きな若い女房が、なんの前触れもなく、姉妹二人の休んでいるところへ、少将を案内してしまったのだった。

もとより姉姫に思いを寄せていた少将は、姉姫をかき抱いて、御帳台の中へ入ってしまった。姫君が驚き、茫然とした様子は、よくある話なのであえて書かない。思っていた以上に、少将は姫君をいとおしく思って、お忍びで通い続けていたが、少将の父が聞きつけて、

「身分や人柄は悪くもないようだが、あそこまでみすぼらしく暮らしている女のところへ出かけるのはよしなさい」

と、きびしく叱った。そこで、少将も好きなだけ通うというわけにはいかなかった。姫君も、しばらくは少将を避けて隠れているようなところがあった。とはいえ、そうばかりはしていられないのだろう、運命だと思い定めてからは、だんだんとうちとけて少将になじんでくるのが、いっそう、いとおしいのだった。名残り惜しく

て昼まで寝過ごしてしまった折などに、姫君の顔を見ると、とても上品で、かわいらしく、見るからにいじらしい姿をしていた。

しかし、姫君のほうは、万事つらいことばかりで、人の出入りも稀なわび住まい、少将の心もいっこうに頼りにならず、いつまでこんな関係が続くのだろうかと思い悩んでいた。四、五日も少将があらわれないので、鬱々と日を送り、「こうなると思っていた」という心細さに、袖も涙で尋常ではなく濡れる。こんな悲しみをいつ習い覚えたものかと、自分でもつらくなってくる。

人ごころ秋のしるしのかなしきにかれ行くほどのけしきなりけり

——あの方の心の秋（飽き）が悲しくて　庭の景色も枯れていくだけ

「どうしてこんな歌ばかり書きつけるようになったものか」

溜息をつくうちに、だんだんと夜も更けていき、姫君は、うたた寝に御帳台の前に臥してしまった。

そこへ、少将が、宮中から退出してやってきた。門を叩くと、女房たちははっと目を覚まし、妹姫を起こして、隣の部屋へ促したりしているうちに、少将は姉姫の部屋に入ってきた。父の右大将が自分勝手に誘ったので、長谷寺に詣でていたから来られなかったのだ、などと言い訳しつつ、姉姫の先ほどの手習いの和歌を見つけた少将は、

　常磐(ときは)なる軒のしのぶを知らずしてかれ行(ゆ)く秋のけしきとや思ふ

　——いつだって軒の緑の忍ぶ草　私の心は枯れはしません

と書き添えて見せた。姉姫はきまりが悪くなって、袖で顔を隠したが、その様子は、ほんとうにかわいらしく、少女のようだった。

　このようにして月日を明かして暮らしていたが、妹姫の、いまは亡き乳母のひとり娘で、右大臣の息子の少将の乳兄弟である左衛門尉(さえもんのじょう)の妻になった者がおり、この女が、妹姫のたぐいまれな美しさを語ったので、左衛門尉が右大臣の息子の少将に、

「このような方がいらっしゃいます」

と伝えたことがあった。この少将、正妻である按察使の大納言の娘には執心が薄く、女をふらふら渡り歩いている浮気者なので、さっそく細やかな手紙などを妹姫に送り始めた。けれども、妹姫はそんな関係になることなど、露ほどもあってはならないと思っていたし、姉姫もそれを聞いて、

「もってのほかです。私の身の有様をさえ、つらく思うのですから、あなたはさらにつらいでしょう、しっかりと奥様がおありになる方ではねえ」

などと話し、そんな姉妹の姿はつくづく哀れなものだった。

姉姫は、妹姫よりいくつも上ではなく、二十を一つ過ぎたころだろうか。妹姫は、それより三つばかり下。頼る者とてない、心細い姉妹であった。

　さて、左衛門尉が、妻に手引きを無理強いして、太秦広隆寺に姉姫が籠っている機会を聞き出し、うまいこと知らせてきたので、何も遠慮はいらないとばかりに、少将は妹姫の部屋へ入ってしまった。

　邸に帰った姉姫はそれを聞き、わが身はどうなろうと、妹姫だけは、人並みの結婚をさせたいと思っていたのに、姉妹そろって寄る辺なく生きることになってしまったと嘆いた。世の人々が聞きつけて噂にすることを考えると切なく、亡くなった

両親も、あの世でどんなふうに思っているだろうと思うと恥ずかしくて、前世からの因縁かと恨めしく思いながらも、いまは言ってもしかたのないことなので、どうしようもないと、成り行きを見守ることにしたのだった。

こちらの少将も、妹姫を並々ならず愛し始めた。しかし、奥方の父親である按察使の大納言の耳に入ることをおそれて、父の右大臣がひどくあわてて諫(いさ)めるので、足しげく通うこともできない。妹姫は、姉姫よりさらに、思い人の来訪を待ちわびることになってしまった。

この右大臣の息子の少将は、父の右大臣の妹が右大将の北の方なので、右大将の息子の少将とは従兄弟(いとこ)同士で、たいへん親しくしている。お互いに、隠し妻の存在も知っていた。混乱を避けるため、右大臣の息子の少将を、権少将(ごんのしょうしょう)と呼ぶが、按察使の大納言の娘と結婚して三年ばかりになる権少将は、気持ちが定まらず、常々浮気して歩いていた。妹姫のところへ忍んで通っていることも、叔母(おば)のいる右大将の邸へ行っているとごまかしていた。

どちらの少将も、このお忍びの恋を、親たちに無理やり止められているので、こっそり、姫君たちを右大将邸へ呼び寄せることもあった。女の方から出向かされる

なんてと、姫君たちは軽く扱われたような、恥ずかしい気持ちになるのだったが、

「あちらの仰せに逆らうのも、つまらないことです。行ってはならない方のところへお出かけになるわけではありませんし」

などと、さも賢そうに勧める女房たちも多いので、姫君たちは、心ならずも、時々、右大将邸に出かけていくのだった。

権少将は、叔母が風邪をひいたらしいというのにかこつけて、いつものように右大将邸に泊まり込んだ。見舞客なども多く、たいへん騒がしいのにまぎれて、権少将はこっそりと妹姫に迎えの車を出した。左衛門尉が近くにいなかったので、以前から時々こうしたときによく働いていた家来に耳打ちして、車を出させたのだった。そのときに、

「右大将の北の方が常になくお加減が悪いので、取り込み中で、お手紙も差し上げられないが」

と、伝言させた。

夜もひどく更けてから、使いが姫の邸に参上した。

「少将殿のお使いです」

と名乗り、

「内々にお耳に入れたいことがございます」

と言うのだが、女房たちもみな寝てしまっていて、姉姫のお付きの侍従の君だけが起きてきた。

少将殿から、といって迎えの車が着いていることを聞くと、この侍従の君も寝ぼけ頭で「どちらの少将様か」と訊ねることもしなかった。

こうしてお迎えの車がやってくるのはよくあることだからと思って、かくかくしかじかと姉姫にお伝えすると、

「お手紙などもないし困ったわ。『風邪かしら、調子がよくないので』と断って」

と言う。侍従の君が、

「お使いの方、こちらへ」

と、妻戸を開けたので、使者が近寄ってくる。

「お手紙もないなんて、どうしたことですか。姫君はお風邪を召されたとおっしゃっておりますので」

と言うと、

「『右大将殿の北の方が、お風邪の具合が重くていらっしゃり、人の出入りが騒がしい折なので、この事情をお伝えしなさい。これまでお使いに参っていた者も居合わせないほどなので』と、くれぐれもおっしゃいました。このまま姫をお連れせずにむなしく戻りましては、必ずお叱りを受けましょう」

と使いの者は言う。

侍従の君は、姉姫のところに参り、事情を伝えて出かけることを勧めた。姉姫は、人の言うままになる性分なので、薄紫のやわらかな袿(うちき)に、深く懐かしく香る薫物(たきもの)をいじらしいほどに焚(た)き染(し)めて迎えの車に乗った。侍従の君がお供をして行った。

右大将邸の権少将のいる部屋の前に車を寄せたが、姉姫は自分の相手でないとわかるはずもない。限りなく恋しく、なごやかな振舞いは、従兄弟である右大将の少将とたいへん似通っていたので、少しも気づかなかった。ようやくそうではない人だとわかったときの困惑は、うつつで起こったこととは思えないほどだった。初めて少将と会ったときの悪夢のような混乱よりも、さらにおそろしく、あさましいばかりの展開に、姉姫はそのまま袖に顔を埋(うず)めて泣き伏した。

侍従の君も、

「どうしたことでしょう。あってはならないことですわ。お車をお回しします」

と、泣く泣く訴えるのだが、色好みの権少将は姉姫を離そうとしない。近づいて二人を引き離すわけにもいかず、侍従の君は泣く泣く几帳の後ろに控えることになった。

男のほうは、どんなにこの偶然を有難く思ったことだろうか。めったにない体験だけに、うれしくてうれしくてたまらない。姉姫の深く泣き沈んでいる様子も道理だとは思いながら、ひどく物馴れた態度で、かねてから思いを寄せていただのなんだのと、姉姫に言い寄る。

その夜とうとう契りを結んでしまったことを、姉姫は死ぬほどつらく思った。権少将の方は、このような風変わりな関係だけに、好き者の例に洩れず、かえって情愛が深く湧き出て、姉姫を比類なくいとおしいと思うのだった。

驚いたことには、もうひとりの少将も、あの邸に車を出していた。というのも、やはり、母の病状がよくなったように見えたので、姫君を訪ねたくなったものの、「夜中などに、母上が急にお呼びになることもあろうから、その折、家にいないのもなあ」

と思い、迎えの車を差し向けたのだった。

妹姫は、以前にも、手紙のないことがあったので、なんとも思わなかった。いつものように清季（きよすえ）という使いの者が参上して、

「お迎えの車です」

と言うと、取次ぎの者も、一方の姫がもう出かけた後だから、なんの疑問も持たずに、妹姫に伝えてしまった。ずいぶん急なことだとは思ったが、妹姫はまだ若く、世慣れてもいないので、深くは思い至らず、女房たちに着物を着替えさせてもらって、わけもわからないままに出かけて行った。

車寄せに少将が出てきて、話しかけた。様子が違うので、お供の弁の君が気づき、

「これはまあ、ほんとうにあきれたことでございます」

と言った。

少将の君も事情を察したが、匂うように美しいこの妹姫の噂は、日ごろから自然に耳にしていて、一度逢いたいと思っていたし、どうかして「思い焦がれていることだけでもお知らせしたいものだ」などと、人知れず思っていたので、

「それが何か。人違いだからといって、邪険にする必要など、あるだろうか」

と、妹姫をかき抱いて車から降ろしてしまった。

もうどうしようもない。かといって、妹姫を見捨てるわけにはいかないので、弁の君も車を降りた。妹姫は、ただわなわなと震えるばかりで、身動きもしない。弁の君は傍(そば)近くで妹姫の袖をしっかりとつかまえていたが、少将は何も気にしていない様子。

「こうなったら、なるようにしかならないとお思いなさい。けっして悪いようにはしませんよ」

などと言って、几帳を押し隔ててしまったので、弁の君はなすすべもなく泣くばかりだった。少将も、妹姫を限りなくいとおしく思ったのだった。


それぞれ帰った後朝(きぬぎぬ)に、歌のやりとりもあったようだが、これは伝わっていない。男も女も、二組の男女のどちらも、ただ同じように、どうにも胸が締めつけられる気持ちになった。といっても、またもとの恋を思う気持ちも、新しい関係に劣ることはなく、どちらも限りなくたいせつに思えることこそが、かえって深い苦しみをもたらした。

「権少将殿からです」

と、お手紙があった。妹姫は起き上がることもできずにいたが、人目をはばかって、弁の君が手紙を広げて見せると、それは実は少将からのものだった。


思はずにわが手になるる梓弓(あづさゆみ)深き契りのひけばなりけり

――あなたとの深き宿縁(えにし)は前世から引いた梓の弓のごとくに

しみじみと見入るような手紙とは思われず、人目をはばかってさりげなく、弁の君は返事を包んで出した。

もう一方の姉姫のほうにも「少将殿より」といって手紙が来た。こちらも実は権少将からのものであったので、侍従の君は胸潰れる思いで姉姫に見せる。


浅からぬ契りなればぞ涙川同じ流れに袖ぬらすらむ

――浅からぬ宿縁であろう　姉妹(あねいもと)二人に恋して涙にくれる

とある。二人の少将たちはどちらの姫君に対しても、どちらが好きだとは言わないつもりらしい。同じ事情を抱えてしまった姫君たちの心の内こそは、かえすがえすもいたましく思われると、本に伝えられている。

姉妹への愛情、どちらが劣る勝るという区別もなく、各様に深かった二人の少将の気持ちは、さてどんな結末になったのか。とりどりの恋の中でも、新しい恋は、なおいっそう気持ちを惹かれるものだが、昔なじみの恋も、長い年月交わした情があるので、どうして劣るものではない――。そんな感想めいたことまでが、「本のままに書き写した」と、私の読んだ本に記してある。

花咲く乙女たちのかげに

原題・はなだの女御

「そのころのこと」と書き始めると、数ある作り話の人まねのようにみえて気がとがめるが、これは私が実際に、人に聞いた話である。

身分の卑しくない色男で、目をつけた女性の邸にはあまねく通っているという、しかもそれを世間からも認められ、受け入れられているという人物があった。その男が、

「かつて高貴な場所で恋に落ちた女性が、このごろ里に戻っているそうだから、ほんとうかどうか見てこよう」

と考えて、人目を忍んで、ただ小舎人童だけを連れてやってきた。

部屋近くの透垣の植込みに隠れて中をうかがうと、夕暮れの、しみじみと風情のある中に、簾を巻き上げ、「今時分は、見る人もいまい」と油断した様子でうちと

け、女性たちが思い思いに座り、いろいろな話、人の噂（うわさ）話などもしている。大はしゃぎでしゃべっている者も、気品があっておっとりしている者もあり、大勢が戯れている様子が、いまどきらしくて魅力的だと、色男は思ったものだ。

「あの庭先の植込みをご覧なさい。古歌にあるように、池の蓮（はちす）の露は玉のようだわ」

と一人が言う。手前に濃い紫色の単衣（ひとえ）、紫苑（しおん）色の袿（うちき）、薄紫色の裳（も）をひきかけている女性は、ある人の部屋で見たことがあるようだ。女（め）の童（わらわ）の大柄の者や小柄の者が縁先にいるが、色男にはみな、見覚えがある。

「貴女（あなた）、この蓮の花、どうご覧になって」

と一人が口を開くと、

「さあ、それでは花を人におたとえしましょう」

と命婦（みょうぶ）の君。

「あの蓮の花は、私がお仕えする女院様あたりに似ていらっしゃるわ」

と口火を切る。

大君（おおいぎみ）は「草陰の竜胆（りんどう）はやはりすばらしい。一品（いっぽん）の宮様とお呼びしましょう」

中の君、「玉簪花は、太后の宮様にそっくりだわ」

三の君、「紫苑の華やかさったら、皇后の宮様のご様子みたい」

四の君、「中宮様は、父の大臣がいつも義経（無量義経）を僧に読ませて、お祈りばかりしているから、桔梗（義経）にどうしてか似てしまってよ」

五の君、「四条の宮の女御様は『露草の露にうつろう』と、明け暮れに身の儚さを嘆かれるので、露草のように見えてしまうわ」

六の君、「垣根の撫子は、承香殿の女御様とお呼びしましょう」

七の君、「刈萱のみずみずしさこそ、弘徽殿の女御様でいらっしゃるわね」

八の君、「宣耀殿の女御様は、菊とお呼びします。帝のご寵愛を受けていらっしゃるから」

「麗景殿の女御様は、花薄のようなご様子です」と、九の君が言うと、
十の君、「淑景舎の桐壺の女御様は、『朝顔の昨日の花は枯れずとも』人の心は頼みにならないと嘆かれたのが、そのとおりだと思えましたわ」

五節の舞姫をつとめた君、「御匣殿は、野辺の秋萩、絶対に物思いのご様子よ」

東の対に住む女君、「桐壺の女御様の御妹の三の君は、物忘れなどはないけれど、

忘れ草と言われる萱草（かんぞう）に似ていらっしゃるわ」

従姉妹（いとこ）の君は、「その御妹の四の君は、気遣いされる方だから、芸香（くさのこう）と、お呼びしましょうね」

とある姫君が、「右大臣殿の中の君は、見れども飽かぬと歌に詠まれた女郎花（おみなえし）のようなご様子をしていらっしゃるわ」

西の対に住む女君、「大宰府（だざいふ）長官の宮様の北の方は何に似ていらっしゃるかしら」

伯母（おば）君が、「左大臣の姫君は、吾木香（われもこう）に劣らず自信満々でいらっしゃるわね」などと言い立てていると、
尼君は、「賀茂（かも）の斎院は、五葉（ごよう）の松とお呼びしたいわね。もうお年なのに、ちっともお変わりにならないからよ。私のほうは、罪を離れようと仏門に入りましたけれど、こんな尼姿で、ずいぶん生きてしまいましたわ」と言う。

北の方が、「では、伊勢の斎宮（さいぐう）を、なんの花と決めましょうか」と訊（たず）ね、
小命婦（こみょうぶ）の君、「おもしろい花は、みなもう取られてしまいましたからね、それでは、思い乱れる恋心も口に出せない軒端（のきば）の山菅（やますげ）におたとえしましょう。そうそう、先ほどのお話だけれど、私がお見立てする大宰府の宮の奥方様は、芭蕉葉（ばしょうば）とお呼び

したいわ」

嫁の君も、「中務(なかつかさ)の宮の奥様は、人を呼ぶのがお好きだから、招く尾花とお呼びしましょう」などと言う。

みんなでおしゃべりをしているうちに日が暮れたので、灯籠(とうろう)に火を灯(とも)させて、寄り添いくつろいでいる様子。「華やかで、申し分なくすばらしい方々だなあ」と、色男は感無量で、時を忘れて崇(あが)め、このような歌を詠んだ。

世の中の憂(う)きを知らぬと思ひしにはびにものはなげかしきかな
——恋ならば負けを知らない俺なのに庭火の女に心乱れる

命婦の君は、「蓮の女院様も、他の方々も『特にこのお方』と、いずれが優れているとは申し上げられませんでしょ。嫌な花の枝などないのですもの」と前置きをして、

はちす葉の心ひろさの思ひにはいづれとわかず露ばかりにも

――蓮の葉の広い心を思うなら露ほどにすら区別はできず

と、歌にした。

六の君は、はしゃいだ声で、「撫子は常夏とも言うでしょう。常に夏（撫づ）、つまり、承香殿の女御様が常に帝のご愛撫を受けている、ご寵愛を受けているということだと思うの、それがうれしいのよね」というのに続けて、

常夏に思ひしげしとみな人は言ふ撫子と人は知らなむ

――常夏は恋煩うと人は言う　でもほんとうは常撫づ（撫子）なのよ

と詠むと、

七の君が、「してやったりというお顔ねえ」と言って、

刈萱のなまめかしさの姿にはその撫子も劣るとぞ聞く

――刈萱のそのみずみずしい姿には撫子だって劣ると聞くわ

と返したので、そこにいた女房たちはみな笑った。続けて八の君が、「私のお仕えする菊のお方、宣耀殿の女御様は、人にとやかく言われるようなことがおありになりません」と宣言し、

植ゑしよりしげりましにし菊の花人に劣らで咲きぬべきかな

――植えた日からさらに茂った菊の花　誰にも劣らず咲き誇るはず

と歌にすると、

九の君、「うらやましいほどのおっしゃりようですわね。みなさま、帝のご寵愛を競われて」と断って、次の歌を詠む。

秋の野のみだれてまねく花すすき思はむかたになびかざらめや

――秋の野で手招きをする花薄　慕う人あればそちらになびく

十の君、「私のご主人淑景舎様は、よくわからない理由でご寵愛を失われて、沈んでお暮らしです。でも、どうしたって、そんなに心細く終わる方ではないのよ」と言うのに続けて、

朝顔のとくしぼみぬる花なれどあすも咲くはとたのまるるかな
――朝顔はとっくにしぼんだ花だけど明日にはきっとまた咲くでしょう

と詠む。

まどろんでいた五の君が目を覚まして、「横になったら、すぐに寝入ってしまいましたわ。何を話していらっしゃいましたの。私は、華やかな御殿にお仕えしているのではないので、何事につけて心細い気がします」。そして、

たのむ人露草ことに見ゆめれば消えかへりつつなげかるるかな
――ご主人が露草のような方なので　私もどこかに消えてしまいそう

と、寝ぼけた声で言うと、また寝てしまったので、みんなは笑った。
右大臣殿の中の君を女郎花にたとえた女性は、「なんだかとても暑いわねえ」と、扇を使う。「どうしていらっしゃるかしら。ご機嫌伺いに参上しよう。ご主人さまが恋しいわ」。

みな人もあかぬにほひを女郎花よそにていとどなげかるるかな
——人がみな崇めるばかりの女郎花　お傍を離れてさらに恋しい

そうこうするうち、夜もたいそう更けてきた。女房たちがみな眠りにつくけはいをうかがい、色男が、

秋の野の千草の花によそへつつなど色ごとに見るよしもがな
——秋の野のとりどりの花になぞらえて君たちすべての色を知りたい

と、歌を吟じた。

「変ね、誰の声かしら。心当たりがないわ」

一人が言うと、

「人間がこんな夜更けにいるわけないでしょう。鵺が鳴いているんじゃないかしら。不吉だわねえ」

もう一人が応じ、明るい声の別の一人が、

「おもしろいことを言うわね。鵺がどうしてあんな歌を詠むのよ。どうよ、これ。ねえ、お聞きになりましたか」

幾人かの女性は、男の声に聞き覚えがあって、笑い出した。少しして、女性たちが話を止めると、色男はまた歌を詠む。

思ふ人見しも聞きしもあまたありておぼめく声はありと知らぬか
——恋人よ　逢って語った君たちよ　私の声を知らぬと言うか

「あの好き者が鳴いたのよ。しーっ、静かにね」

女房たちがだんまりを決め込んだのに乗じて、男は簀子縁まで入り込んだ。

「妙だなあ。どうかしたのかな。一人くらいは『ようこそ』と言ってくださいよ」

などと言ってみるが、どう思っているのか、女たちはまったく返事もしない。夜も明けそうになってきた空の様子を見て、男は本心から、

「かつての恋人たちときたら、私をまだ思うがゆえに、溜息ばかりで言葉も出ないらしい。こんなのは初めてだよ。ふるくさいもてなし方もあったもんだ」

と嘆き、

百かさね濡れ馴れにたる袖なれど今宵やまさりひちて帰らむ
――幾重にも涙に濡れた袖だけど　さらにびしょ濡れ　今日は帰るよ

と詠じて出て行った様子。

「あの人、いつものように、しっとりと美しいに違いないわ。返事をしようかしら」

と女房たちは思うものの、

「かっこ悪いわ、みんなのいるところで」

と思い直すのだった。

この女たちの親は、身分の卑しくない人だが、何を思ったか娘をみな宮仕えに出して、大臣・公卿（くぎょう）のお姫様、宮家のお姫様、女御たちのもとに、一人ずつ仕えさせているのだった。姉妹とも名乗らせず、他人の子ということにしてある。大臣・公卿の女御たちは、みな帝のご寵愛を競い合う仲で、姉妹が分かれて仕えているのも不思議なことだ。どの女御もこの娘たちにみな目をかけているのは、誰にもその事情を知らせていないからだろう。

色男は、姉妹の事情を知って、これはいいことを聞いたとうれしがり、あらゆるところへ出入りしていたというのだから、姉妹たちもこの男を知らぬはずはない。先ほど女郎花の方にお仕えしていると言った女性は、色男が声だけを耳にしたことのある人で、深く思い焦がれている相手だった。

撫子のお方に仕えているのは、かつては睦まじかったのに、どうしてだか、「逢っていたとは誰にも言わない」と誓わせて、二度と逢わなくなった人。

刈萱の人は、たいそう気取って、恋文に返事だけをよこし、男がようやく機会をとらえた折には、上手にはぐらかしてしまうばかりだったので、色男は憎たらしいと思っていた。

菊の人は、言葉を交わしただけ。古歌の「誰杣山(たれそまやま)の」を引いて、名も名乗らぬとほのめかして、奥へ入って行ってしまった態度は、みごとなものだった。

花薄(はなすすき)の人は、ほかに好きな男もいたので、色男との関係は包み隠していた。夢のようだった密会の宿縁の深さを、しみじみと思い出す。

蓮(はちす)の人は、頼りになるようなことを言っておいて、色男もそれならばと契りを結んだのに、邪魔立てが入り、男を引き離して奥へ入ってしまった。ひどい女だと思いながらも、許したという経緯がある。

紫苑(しおん)の人は、深く契って、いまも仲睦まじい。

朝顔の人は、若く、つややかで、愛敬(あいきょう)がある。遊び相手にはいいけれど、名残り惜しいところがない。

桔梗(ききょう)の人は、いつも色男を恨むので、古歌を例に、

「女は『騒がぬ水』のようなのがいいんだぜ。男はそういう女を訪ねて行くんだよ」

と言ってやったりしたが、やはり古歌を引いて、

「騒がなくたって、もともと澄まない水（男が住まない水）には影も映らないと言うわよ」

と答えたのは、なかなか才気がある。

そういうわけで、色男が知らない女性のほうが少なかった。

中でも、女郎花の人はとても風情があって、ほのかに姿を見た逢瀬（おうせ）の終わりが、いまも忘れられず、「なんとかして、色恋抜きでも語り合いたい」と思うと、憎らしいまでに思いが募り、「もう一度、あの慕わしい香の匂いを、どうにかして嗅ぎたいものだ」と思うのだった。色恋抜きなのか、やはり恋ありきなのか、心を決めかねたまま、男は他の女を渡り歩いているという。

遠く離れた里住まいの女などは、こんな男はわざと遠ざけておくと言ったりもするが、そんな女もうまい言葉で言いくるめ、兄妹のようになろうなどと言い、魅力的に誘うので、しばらくはなびかずにいるものの、そのうち、

「実際に逢ってみると、なんだってこんなに素敵なのかしら。話し方もいいわ」

となって、この色男にひっかかる女は、数知れなかった。宮仕えをしている女性も、そうでない娘たちも、みな騙（だま）されてしまうのだった。

私は今日、宮中にも参上しないで手持ち無沙汰だったので、あの、かつて聞いた色男の話を書いてみた。じつは、以前にも、

「帝の寵愛の厚い女御の宮だって、あの男にかかっては、心中穏やかではいられまい」

とか、

「あの女君は、器量がよいらしい」

などと、心に浮かんだことや歌などといっしょに、色男の話を手習いに書いたことがあるのだが、それを別の人が持って行って書き写したので、妙なことになってしまった。

これらは、書いたときのことも憶（おぼ）えておらず、あまりできがよいとも思えない。といって、嘘（うそ）っぱちというわけでもない。世の中には作り話が多いから、人はこれを読んでも、ほんとうのこととは思わないだろう。そう思うと、なんだか悔しい。

このごろ世間をにぎわせている恋の話の多くは、登場人物の容貌や会話の場面なども、この色男が実際に懸想（けそう）したあれこれの女性のことだろうと思われる。誰だろ

う、この色男の正体が知りたいものだ。殿上でも、いまこの話が、「誰のことなんだろう。変だけれど、おもしろい」と話題になっている。

あの女性たちは、このあたりに親族が多いので、日を決めて会っては気ままに集い、このようにおもしろおかしく、主家のことをおしゃべりしているのが興味深い。

その邸も、このすぐ近くにあるということで、知っている方がおられたら、色男の正体を書き加えなさるがよい。

墨かぶり姫

原題・はいずみ

高貴な家柄の男が、日々の暮らしに事欠く貧しい女性を好きになって、何年もいっしょに下京(しもぎょう)あたりで暮らしていた。男は生活のために、ある懇意にしてくれる人の家に出入りするようになったが、そのうち、その家の娘に思いを懸けるようになり、秘(ひそ)かに妻にした。

目新しさもあったろうか、初めの妻よりも深い情を覚えて、人目もはばからず通い続けていると、娘の親が聞きつけた。親は、「長年連れ添う妻をお持ちだけれども、こうなってはしかたがない」と、しぶしぶ許して男を通わせている。

もとの妻はこれを人から聞いて、

「もう終わりなのかもしれない。向こうもいつまで通い婚など続けさせないでしょう」

と思い悩む。

「どこか行くところがあればいいのに。あの人が私につらく当たるようになる前に、身を引こう」

そう考えるが、身を寄せるべきところも思いつかない。

新しい女の親は、かさにかかってこんなふうに言う。

「妻などいない独身男で、ぜひにと言ってきた人にめあわせるつもりでいたものを。こんなに不本意にも、あなたがいらっしゃるようになってしまって。残念だけれど、いまさら言ってもしかたがないので、このようにお迎えしていますが、世間の人たちは『奥さんのいる人をねえ。いくら好きだなんだと言ったって、家に置いている奥さんのことを、やっぱりだいじに思っているんでしょうよ』などと言うので気がもめて。だって、ほんとにそのとおりですからね」

男は、

「こんなつまらない男ですが、愛情の深さばかりは、私に優る人などいないと思いますよ。私の邸(やしき)にお迎えしないのを、お嬢さんをおろそかにしているとお考えなら、いますぐにでもお連れいたします。ずいぶん心外なことをおっしゃる」

と抗弁した。親は、

「それではせめてそうしてください」

と、押し付けんばかりに言うのだった。

男は、「かわいそうに、もとの妻をどこへ行かせたらいいのだろう」と考えて、胸のうちでは悲しかったが、新しい女がだいじだったので、説明してもとの妻の反応を見ようと考えて帰って行った。

帰宅してその姿を見れば、上品で小柄な妻が、日ごろの物思いのために面やつれして、たいそう哀しげである。恥じらうように夫と顔を合わせるのを避け、口数も少なく、沈んでいる。その姿に心苦しく思うものの、先方にあんなことを言ってしまったので、

「おまえのことをいとしく思う気持ちは変わらないけれど、相手の親の許しを受けずに通い始めてしまったので、いまとなっては向こうの女を気の毒と思って通い続けているのだ。おまえにつらい思いをさせているだろうと思うと、なんということをしたかと、いまになって後悔している。でも、あの娘といますぐ関係を切るわけにもいかない。じつは、『土忌みをしなければならないから、こちらで娘を預かれ』

と言ってきたんだ。どう思うね。どこかよそへ行こうと思うかな。何も遠慮することはないんだ、このまま、少し脇の部屋へでも忍んでいたらいい。あわてて、どこかへ行く必要はないんだよ」

と言ってみる。

妻は、「若い女をここに迎えるつもりなのね。あの娘は親もあって、どうしてもこの家に住まなくたっていいはずなのに。何年もいっしょにいた私のほうは、身を寄せるところなどないと知っているくせに、よく言うわよ」と、気持ちが暗くなってきたが、顔にも出さずに答える。

「そうなさったほうがいいわ。早くお連れなさいな。私はどこへなりと行きます。いままで、こうして、あなたにだいじにしてもらって、つらい恋など知らぬように暮らしてきたことこそ、おかしいくらいなんだわ」

そのいじらしさに、男は、

「なんでそんなことを言うんだ。そんなつもりじゃない、ほんのしばらくのことなんだよ。土忌みが済んであの娘が帰って行ったら、必ず迎えに行くよ」

と言い置いて、出て行った。

女は、召使の女と差し向かいで泣きに泣いた。

「人生って悲しいわね。どうしたらいいのかしら。向こうが押しかけるようにやってきたときに、こちらが消え入りそうになって迎えに出るのも、なんともみっともない。すさまじい、見苦しいところらしいけれど、大原の今子の家に行こう。今子以外に、知っている人もいないもの」

この、今子とは、昔の召使の名前だろう。

「あの家は、貴女様のような方は、片時だっていらっしゃれないようなみすぼらしい家でしたが、もっといい場所が見つかるまでは、しばらく辛抱していらっしゃいませ」

と言う召使に、家の中を掃除させたり、やり場のない悲しみの中、泣く泣く、夫との恋文なども焼かせたりする。

新しい女を明日連れてこようという折だから、男に知らせるすべもない。車なども誰に借りたらいいのか、あてもないのだった。

「『送ってちょうだい』と言うべきだわ」と思うことも、なんだかみじめに感じられたが、ともかく男に使いを出し、「今晩、よそへ移ろうと思うので車を貸してほしい」と言ってやると、男は、「かわいそうに、どこへ行こうっていうんだろう。出て行く様子だけでも見送ろう」と思い、すぐに、女のところへ忍んで戻ってきた。女は、車を待って端にいた。月明かりの下で、涙にくれている。

わが身かくかけ離れむと思ひきや月だに宿をすみはつる世に
——あてどなく家を離れて行くわたし　月さえ空に澄む（住む）というのに

そう言って、泣いていたら、男が戻ってきたので、もとの妻は、涙を隠して横を向いていた。

「牛車の都合がつかなくて、馬を連れてきた」

と男が言う。

「ほんの近いところですから、車は大げさです。それでは、その馬で参ります。夜の遅くならないうちに」

と、妻は急ぐ。

ほんとうに不憫(ふびん)だと男も思うけれど、あちらでは、みな、明日の朝に家移りをと思っているようなので、逃れるすべもない。後ろめたく思いながらも、馬を引き出させて、簀子（すのこ）の縁側に寄せる。妻が乗ろうとして出てきた。月明かりのたいそう明るいところで見るその姿は、たいへん華奢（きゃしゃ）で、髪はつややかで美しく、身の丈に届くほどの長さである。

男は手を貸して馬に乗せ、身の回りを、ここかしこと整えてやる。妻は悲しくてしかたがなかったが、決意して口もきかない。馬に乗った姿、髪の恰好（かっこう）が、みごとに美しいので、男はしみじみとした気持ちになって、

「私が送っていっしょに行こう」

と言う。

「ほんの、そこらあたりの家ですから、かまいません。馬は、すぐにでもお返しいたします。その間はここにいらしてください。行く先は見苦しいところですから、お見せしたくないの」

そう妻が言うと、納得して男は後に残り、簀子縁（えん）に腰掛けて待った。

お供の人なども多くあるはずもない。昔から馴染（なじ）みの小舎人童（こどねりわらわ）一人を連れて、妻は出て行った。男が見ている間こそ隠して堪（こら）えていたが、門から馬を引き出すや、

堰を切ったように泣けて、小舎人童もほんとうに気の毒に思うのだった。

例の召使の女を頼りに、はるばる大原目指して行く途中、小舎人童が、

「『すぐ、そこらあたり』とおっしゃったけれど、人もお連れにならず、こんなに遠くまで、どうして行かれるのですか」

と問いかける。妻はこうして、山里の人もいない道を、心細く泣きながら行くのだが、男も荒涼とした家に残って、たったひとりで物思いにふけり、いま別れた美しかった妻を、心から恋しく思うのだった。自ら招いたことだとはいえ、「どんな思いで出て行ったのだろう」と考えるうちに、かなり時間が経ってしまった。簀子縁で足をぶらぶらさせながら、物に寄りかかって、待ち続ける。

妻は、まだ夜中になる前に大原に行きついた。見れば、たいへん小さな家である。

小舎人童は、

「どうして、こんなひどいところにいらっしゃるおつもりなのですか」

と、心から同情している様子だ。妻は、

「早く、馬を連れてお帰りなさい。お待ちになっているでしょう」

と言う。

「『どちらにお泊まりになったのか』などと、訊かれたらなんと答えましょう」と小舎人童が訊くので、妻は泣く泣く、「こう言いなさい」と言って、歌を詠んだ。

いづこにか送りはせしと人問はば心はゆかぬ涙川まで
——どちらまで送り届けたか問われたら涙川だと答えてほしい

小舎人童も泣く泣く馬に乗って、しばらくして家に帰りついた。男が、ふと目覚めてみると、月もそろそろ西の山の端近くになっていた。「妙に帰りが遅いな。遠いところへ行ったのだろうな」と思い、女の身が哀れに感じられて、

住みなれし宿を見捨てて行く月の影におほせて恋ふるわざかな
——住みなれた家を見捨ててゆく貴女　沈む西の月慕わしい影

と詠むと、童が戻ってきた。

「どうしたことだ、なんでこんなに遅く帰ってきた。いったいどこまで行ったのだ」問えば、先ほどの歌を伝えるので、男もひどく悲しくなって、泣いてしまった。

「この家で涙を見せなかったのは、平静をつくろっていたからなのだ」と、かわいそうに思い、「行って連れ戻してこよう」と考え始める。

「そこまでひどいあばらやに行こうとは思わなかった。そんなところにいては、身体(からだ)を壊して死んでしまう。やはり、連れ戻そうと思う」

と小舎人童に言うと、童も、

「ゆく道々、ずっと泣いていらっしゃいました。もったいないほどの美しさでいらっしゃいますのに」

と答えるので、男は「夜の明けないうちに」と、童をお供に、あっというまに大原に行きついた。

たいそう小さく荒れ果てた家である。見るなり悲しくなって、戸を叩(たた)くと、妻はここに着いてからずっと、さらに泣き伏しているところだった。

「誰ですか」

と訊ねさせると、男の声がする。

　涙川そことも知らずつらき瀬を行きかへりつつながれ来にけり

　——涙川の在り処も知らず　つらい瀬を泣く泣く渡る行きつ戻りつ

妻は、「まあ、なんと、驚くほど夫の声に似ているわ」と感じて、そんな自分にあきれてしまう。

「開けなさい」

と外の声が言うので、見当もつかないけれど、戸を開けて入れると、泣き伏している傍に寄ってきて、男は泣きながら詫びを入れた。妻は答えることすらできずに、いつまでもいつまでも泣いている。

「なんと言って詫びたらいいのか。こうしたところだとは思いもよらずに、送り出してしまった。何も打ち明けてくれなかったおまえの気持ちが、かえって私にはつらく、恨めしい。すべてのことは、帰ってゆっくり話そう。夜の明けぬうちに戻ろう」

男は妻をかき抱き、馬に乗せて帰った。

妻は、ほんとうに驚いて、どう気が変わったものだろうかと、呆然(ほうぜん)としたまま帰宅した。男は妻を馬から降ろし、二人して横になった。あれこれと言い慰めて、

「これからは、けっしてあの娘のところへは行かない。おまえが、こんなに思ってくれているのだから」

男は妻のことを他に代えがたいと思った。

結局、邸に迎えようとしていた娘のほうには、

「ここにいる人が病を患ったので、時期が悪い。不吉でもあります。この状況が過ぎ去ったらお迎えいたします」

と言ってやった。

それからずっと、もとの妻のところにばかりいたので、向こうの父母は嘆いたが、妻は、夢のように幸せだと感じた。

ところで、この男は、思い立つと後にはできない性格だった。

そこで、ある日、

「ちょっと出かけてくる」

と言い置いて、例の娘のもとへ、真昼間に訪ねて行った。

「とつぜん、旦那様が、いらっしゃいました」

そう侍女が告げると、娘はその場でくつろいでいたのに、大あわてで、

「ええと、化粧箱はどこだったかしら」

と、櫛の箱を引き寄せる。

おしろいをつけるつもりで、娘は取り違えて、眉を描くための掃墨の入った畳紙を取り出し、鏡を待つこともせず、顔にはたいた。

「『そこで、少し待っていて。お入りにならないで』と言いなさい」

侍女にそう申しつけ、われを忘れて顔に粉をこすりつけている。

男はしびれを切らし、

「ずいぶん早々と袖にするものだね」

と、簾をかき上げて入ってしまった。

女は畳紙を隠し、塗ったものを適当にならして、袖で口を覆い隠した。本人は、目も眩むほどに優雅に装ったつもりだったが、じつのところ、間違えて墨を塗った

黒い顔に、まだらに指模様をつけて、目だけきらきらとまたたかせていた。

男は、見るなり、驚きあきれて、どうしようとおそろしくなり、近くにも寄らずに、

「わかったわかった。またしばらくしたら来るよ」

と言い、少し見るのさえ気味が悪いので、あわてて帰ってしまった。

娘の父母は、男が来たと聞きつけてやってきたのに、侍女が、

「もう、お帰りになりました」

と言うので、じつにあきれはて、

「名残り惜しさのかけらもない、なんという冷たいお心だろう」

と憤慨した。

ところがその両親も、姫君の顔を見ると、すっかり気持ちが悪くなってしまった。おそろしくて、二人とも倒れてしまう有様。

娘が、

「あら、どうなさったの」

と訊いても、

「その顔は、どうしたの……」

と、まともに言葉にもならない。

「変ねえ。なんでそんなことを言うのかしら」

娘も、鏡を見るや、例のすごい顔なので、自分でも怯(おび)えて、鏡を投げ捨て、

「どうなってしまったのよ。どうなってしまったのよ」

と泣き叫ぶ。

家の人たちも大騒ぎ。

「あちらの家では、旦那様が姫君をお厭(いと)いになるようにとの呪詛(じゅそ)をなさっているに違いない。旦那様がいらしたのを機に、姫君のお顔がこんなふうになってしまって」

陰陽師(おんみょうじ)までを呼んで、たいへんなことになった。

しかし、娘の顔に涙のこぼれたあとだけが、ふつうの肌になっている。それを見て、乳母(めのと)が、紙を押し揉(も)んで拭うと、娘の肌はもとどおりになった。

こんなわけだったのに、「美しい姫君がだいなしになった」と大騒ぎしたことが、かえすがえすもおかしい話である。

たわごと

原題・よしなしごと

だいじに育てられた娘と、ある身分の高い坊さんが、人目を忍んで深い仲になっていたときのこと、年の暮れに山寺に籠るというので、「旅の道具に、筵（むしろ）、畳、盥（たらい）、半挿（はんぞう）を貸してくれ」と頼むと、女は、長筵（ながむしろ）やらなにやかや、一揃（ひとそろ）え送ってやった。

それを、女が帰依（きえ）したときの師にあたる僧侶が聞きつけて、「私も物を借りに人をやろう」と、書きつけた手紙の言葉のあまりのおもしろさに、書き写しておいたものがこれ。僧侶に似つかわしくない、あきれた内容である。

唐土（もろこし）、新羅（しらぎ）に住む人か、あるいは不死国（とこよ）の仙人か、わが本朝なら、山賤品尽（いちもんなし）の乞食男なら、こんな言葉も申しましょうか。いやいやそうした人でさえ、こんなお願いはいたすまい。

かの竹取ならぬ「簾編みの翁」は、カシ太子の娘と浮名がたったが、卑しい心の内にさえ、いずれ悟りを得る望みはありましたろう。その翁にも劣る心根とお思いになろうが、どうにもならない事情がありまして。

この世とは、心細くて悲しいもの、見る人聞く人は朝の霜のように消え、夕べの雲とまがうほどに薄く立ち上り、まことに哀れなばかりにございます。「生きる者は減り、死んだ者の数ばかり増す世の中」と見受けますと、古歌にあるように「わが世や近く（私の順番も近い）」と物思いがちに暮らすものの、気をもみ、心くだくことのみ多く、「やはり人の世は雷光の一瞬より速く、風前の灯よりも消えやすい」などと、物悲しく思い続けておりました。かくなる上は、「吉野の山の彼方に家もあろう、そこを世の憂きときの隠れ家に」と、きっぱり発心いたしましたものの、さていずこに籠りいたしましょう。

富士の嶽と浅間の峰との山間、でなければ、
筑前、竈山と出雲の日の御崎との絶え間にか、
あるいは、加賀の白山と立山が行き合う谷の間であれ、
また、山城の愛宕山と比叡山の中ほどであれ、

人のたやすくは通えぬところに、行方くらまし籠らんと思っているのでございます。

とは言うものの、この国の中では近すぎる。唐土の五台山（ごだいさん）、新羅の峰になど、いや、それも近い。天竺（てんじく）の山、鶏足山（けいそくせん）の岩屋にでも、籠りましょうか。

それでもなお俗土に近い。いっそ雲の上に楽（がく）を響かせ舞い上り、月や陽（ひ）の中にまじって、霞（かすみ）の中を飛びまわりながら暮らしたいと思い立ち、近々出発をいたします。

ただし、どこへ参るにも、お釈迦様と違い、わが身捨ててというじゃなし、入用なものがどっさりござる。どなたにおねだりいたしましょう。長年懇意にしていただいて年月も経（た）ちました。情け深いお心とかねがね伺っておりますので、このようなときにこそ、おすがり申し上げまする。

旅の道具にできるものなどお持ちでしょうか。貸していただければ幸甚。

まず、どうしてもいるものはですね。雲の上に鳴り物入りで昇天するために天（あま）の羽衣（はごろも）、一つ糸の綾織（あやお）り。特別製でどうか、お探しください。

なければ、ただの衵（あこめ）、寝具、まあ、せめて、着慣れぬものの、破れた狩襖（かりあお）でもよし。

　または、十余間四方の檜皮ぶきの邸宅一つ、廊、寝殿、大炊殿、車宿りも必要ですが、遠い道のりでは厄介になりましょう。ただ腰に結いつけて持って行ける程度の品として、牛車の車箱の屋根一つ。

　畳などはございますか。

　大臣仕様の錦縁、高麗縁。神仏用の繧繝縁、殿上人御用達の紫縁の畳。

　それがなければ、布縁をつけただけの破れ畳でもあれば。

　玉江で刈りとった真菰の粗筵でもいいし、また、逢うこと難しという交野の原に生える菅菰の筵でもいい、ただありあわせのものをお貸しください。ただしひとり旅ゆえ、「七布に君（男）、三布にわれ（女）」が寝るという十布の菅菰だけはご勘弁。

　筵は、荒磯海の浦で打つという出雲筵でもいいし、

　生の松原のほとりで作られるという筑紫筵もよいし、

　みなおが浦で採れる上総筵もありだし、

　底深い入り江に刈る田並筵もよし、

七すじに編んだ七条の縄筵であれ、
お持ちのものを、お貸しくだされたく。

まともなものがない場合は、破れ筵でも、貸してくださるならけっこう。

屏風も入用です。

唐絵、大和絵つきのもの、布屏風でも、唐土の黄金を縁に磨いた屏風でも、新羅の玉を飾りに打ちつけたのでも、
これらがないなら、網代屏風の破れたのでも、お貸しください。

盥はございますか。

柄のない丸い盥でも、金属の金盥でも、貸していただきたい。

それがなければ、欠けた盥でも、貸してくださるならば。

煙の崎で鋳るという能登の鼎でも、土で作るという真土が原の讃岐釜でも、石上と言えば「古」の枕詞ですが、その石上にある古鍋、じゃなかった大和鍋でもよろしいし、筑摩の祭で出会った男の数だけ女がかぶるという近江鍋でも、楠葉の御牧で作るという河内鍋でもけっこう、
市門で鉄を打って作る鉄鍋でも、大和の鳥見、片岡で鋳造する鉄鍋でも、飴鍋で

もなんでもいいから、貸してください。
邑久で多く作る火鉢、食器を載せる折敷もいりましょう。
信楽の大笠、雨の下のつがり蓑もたいせつです。
伊予の手箱、筑紫の皮籠も、いただきたい。
どうしてもだめなら、浦島の子の皮籠でも、鼠か貂の皮袋でもいいので、お貸しくだされたく。
さもしい話ですが、露のごときこの命、絶えない限りは、食い物も必要です。
妙高八子の信濃梨、何鹿山の枝栗、三方郡の若狭椎、
天の橋立の丹後のわかめ、出雲の浦の甘海苔、
三の橋で作られる賀茂まがり餅、若江郡の河内蕪、
野洲、栗本の近江餅、小松、加太の伊賀乾瓜、
天翔ける鷹が峰の松の実、近江の道の奥の島のうべあけび、小山の柑子橘。
これらがござらねば、後家さんなどが好むいり豆のようなものを、賜りたく。
いやまあ、必要だけ数えても、なんとも多いものでして。
せめては、ただ、脚付きの鍋一つ、長筵一枚、盥一つは必ずいります。

もし、これらを貸してくださるならば、お心のままに、なんでもけっこう。人にはけっして渡さんでほしい。ここに遣わした童は、大空の陽炎二、海の水の荒十といいますが、きっと、この二人の童に持たせてください。

出立の場所は、天の八重雲を吹き放つ風にゆかりの科戸の原の上の方で、天の川のほとり近く、鵲の橋のたもとです。そこに必ずお送りください。これらがなくては、雲の上までとても昇れそうにありませんので。

もののあわれをご存じならば、これらを探して私に賜りますように。いまも私は、この世を憂いて一刻も早く出立したいと念じおりますので、あなたも私と心を一つにして、どうか急いでくださいますように。

このような手紙は、他人にお見せなさいませんように。欲ばったもんだなどと、思う人もあるでしょう。お返事は裏にお願いします。他人に見せようなどとはゆめゆめ思ってくださるな。

と、まあ、手持ち無沙汰にまかせて、愚にもつかぬたわごとを、書きつけております。

身分のある僧侶と深い仲になって頼みごとをきいてやったとかいう、小耳にはさんだ貴女(あなた)の噂(うわさ)、いったいどうなのだろう、あまり感心できないと思ったものだから。風の音、鳥の囀(さえず)り、虫の音、浪(なみ)打ち寄せる声に添えて、少しばかり私の心配も、お届けいたしました次第。

〔末尾断簡〕

冬ごもりの空の色、しぐれ降るたび、かき曇り、なみだに濡れる袖は、晴れまなく、秋よりこちらは乾くまもない。むら雲が晴れて顔を出す月も、いちだんと光さやけく見えるのは、冬枯れの木に葉すらないので、隠れることもできないからだろうか。

月明かりを見てはしのんでもいられず、さまよい出たものの、あのひとを訪ねるなどあるまじきことと思い返す。ほかのひとのもとへゆこうと心に決めるのだが、それでもあのひとの家の前をゆき過ぎることはできないようだ。たいそうしのびやかに入っていって、あまたの女房たちのけはいのするほうへゆき、くつろいでいる姿も見てみたい。ただ、あのひとの様子は見るかいもあろうけれど、なにほどのもてなしがあろうわけでもなし、あたりのけはいにしたところで……

全集版あとがき

遊び心とパロディ精神

『堤中納言物語（つつみちゅうなごんものがたり）』を訳している間、ずっと幸福だった。

作者も成立時期も違うらしい十の短編と一つの断章から、この日本最古の短編集を編んだ人の鮮やかな手腕に、深く敬服している。一編一編が、小粒だがピリリとおもしろい。文体も主題も異なり、ほろりとさせたり笑わせたり、ちょっと意地悪な観察を持ちこんだりとテイストも変えておきながら、どこか通底する音を響かせて、短編集のお手本みたいな一冊なのだ。

ここで、みなさんに声を大にして訴えたいのは、この短編集が無類に可笑（おか）しいということだ。その笑いというのがまた、大声で笑うものから、くすっと笑わされるもの、にんまりさせられるもの、泣き笑いめいたもの、痛さ苦さを含んだものと、あじわいが多様なのである。ほんとうに驚いた。これが、日本最古の短編集の妙味なのか！

だから現代語訳者としての最大の使命は、この豊かな笑いの含むところを、そのまま読者に届けることだと決意した。

ひとつ、大きく決断したのは、挿入される歌を、現代短歌として三十一文字で訳すことだった。歌は流れの中で必然的に入ってくるのだから、唐突に解釈になったのでは、読書の流れを中断させてしまう。そもそも、なんだって平安朝の人々は思っていることを歌にしたのか。恋歌なら雅（みやび）だからとも考えられるけれど、物語を読み進むとあんがいばかばかしいことも詠んでいる。「虫めづる姫君」の中の若い女房などは、「冬くれば衣たのもし寒くとも烏毛虫（かはむし）多く見ゆるあたりは」と詠むのだが、これは毛虫だらけの姫君の御殿を「毛（虫）が多いから、冬なんか寒くなくっていいわね～（怒）」と、痛烈に皮肉ってみせているのだ。だからこれを、「冬が来ると着物だけは十分あたたかいと頼みにすることができる。なぜなら、寒くてもこのあたりには毛虫が多くいるからである、の意。防寒のための毛皮と、毛虫の毛をかけている」などと書くと、とてつもなくつまらなくなる。せっかく頭のいい女房が皮肉をきかせた歌を詠んだのなら、現代人も、歌として受け止めたい。じつは、三十一文字の制約は非常にきつく、エッセンスをくみ上げるために原文から大きく逸脱せざるを得なかったものもあった。原歌への冒瀆、歌人でもない人間が僭越きわまりないという批判には甘んじようと思う。しかし、学者ならぜったいにしない蛮行に及ぶのでなければ、小説家が仕事を引き受けた意味はない。

もうひとつ、だいじにしたかったのは、それぞれの短編から響いてくる作者（むしろ編者と言うべきか）の声だ。『堤中納言物語』の個々の短編は、はっきりと書き手の存在を意識させる。「花桜折る中将」のラストのどんでん返しなどは、たくらみをもって書かなければこうはならない。そこに至るまでの男の心理、浮ついた心持ちや新しい女への前のめりの入れ込みようを詳細に描いてタメを作っておいてこそ、ラストが生きてくる。それからこの短編集の作者／編者には、とても健全なパロディ精神がある。「花桜」も光源氏と紫の上を連想させるけれど、「はなだの女御」なども、光源氏的色男を笑いのめそうという意図が感じられるし、「逢坂越えぬ権中納言」のぐずぐずぶりや、「思はぬ方に泊りする少将」の姉妹を巻きこんだ四つ巴の恋愛模様は、「宇治十帖」を思わせる。あの大長編『源氏物語』を、じつにいい距離で読んで、批評している。だから、彼なり彼女なりが現代にいたら、どうやってその批評精神を現代文に息づかせるだろうかと、それを考えながら訳を試みた。すべてが初めてのことで暗中模索だったが、脱稿まで漕ぎつけて少しほっとしている。

なお、素人くさい間の抜けた質問にも丁寧に答えてくださり、個々の短編の特徴を解説してくださった島内景二先生に、心よりお礼を申し上げます。

中島京子

参考文献

・「堤中納言物語」稲賀敬二 校注・訳（新編日本古典文学全集17『落窪物語・堤中納言物語』所収）小学館　二〇〇〇年
・『堤中納言物語』池田利夫 訳・注（原文&現代語訳シリーズ）新版　笠間文庫　二〇〇六年
・『堤中納言物語』三角洋一 訳・注　講談社学術文庫　一九八一年
・「堤中納言物語」中村真一郎 訳（日本古典文庫9『夜半の寝覚・堤中納言物語』所収）河出書房新社　一九七六年

文庫版あとがき

『堤中納言物語』現代語訳、という無謀な試みに挑戦したのは、もうかれこれ七、八年前のことになるのだろうか。

河出書房新社から依頼があって、なにやら壮大なプロジェクトに参加することになったようだと知った時、なんだかうれしかったのを覚えている。古典文学講読クラスへの入学許可証が届いたような感じがしたのだった。勉強が必要なのはあきらかだったし、知らないことを知る、新しいことに挑戦するのはいつも、とてもスリリングなものだし。

ただまあ、考えてみれば、この「入学」先には机を並べる同級生がいるわけではないし、教えてくれる先生がいるわけでもないので、古文の参考書とか辞書とか、各社から出ている注釈つきの本をべたべたと机の上や下に並べて、「こんなんでいいんでしょうかね」と思いながら、ふうふう、訳を進めたのを思い出す。

とにかく不安だから、まずは研究者の先生にレクチャーを受けたいと希望して、編集者さんの紹介で会いに行ったのが、電気通信大学名誉教授の島内景二先生だった。島内先生は、『源氏物語』研究の泰斗でいらっしゃることもあり、お話の中で心に残っているのも、『源氏物語』関連のものだったりする。

あの長大な『源氏物語』は、それ以降の作家たちに絶大な影響を与え、多くの物語が『源氏』の影響下から抜けきれない、亜流のようなものになってしまった、という話がとても印象的だった。『堤中納言物語』に収録されている短編の中にも、あきらかに『源氏』の影響が見て取れるものがある。ただ、ここで重要なのは、「亜流」ではなく原典と少し距離を取った批評精神の感じられるものが採用されているのが、この日本初の短編アンソロジーの特徴だ、ということだった。

この話は、ものすごく、わたしの心に響いた。

わたし自身、『蒲団』という田山花袋の小説のパロディでデビューしたもので、パロディとか批評精神は、小説のすごくだいじな部分を占めていると信じているところがある。

だから、平安時代の、日本初の短編集の編者が、批評精神の持ち主だったというところに、感じ入ってしまったのだった。

「花桜折る中将」は、見初めた美少女をさらったつもりが、お婆さんだったというとんでもないオチの一編だが、読むと誰でも紫の上をさらった源氏の君を連想する。遠い、八百年も昔に生きていた人たちが、現代とは倫理観や生活感に違いはあるだろうけれども、それでも「少女をさらう」という行為のあぶなっかしさに注目して、ちょっとした笑編を書いてやろうと思った、としたら、親近感を覚えずにいられない。

『堤中納言物語』の中でも、ちょっと特異な一編に、「よしなしごと」というのがある。恋のために一途になりすぎて、旅に出るという男の言うままにあれもこれもと揃えて送り出したらしい、かつての弟子（的な存在）の女性に、いたずら心のある僧が書き送る手紙、という形式をとっている。「わたしも旅に出るからこれらのものを準備してください」と、あらゆるものをおねだりする書きぶりが笑わせるのだが、男に入れ込んで貢がされているような弟子の女性を心配する、老僧の心情が垣間見られる。

短編集を編んだのが誰だったのかは、いまだ日本文学史上の謎のようだけれども、ひょっとして、この老高僧のような人だったのじゃないかと、想像したりする。最後の一編の〔末尾断簡〕が、途中で終わっているのも、意図的なものなのかもしれないな、と思う。もちろん、このあとに物語が始まってもいいのだが、月明かりに誘われてさまよい出て、思い人のところに行きたいけれど、つれなくされることを考えると躊躇してしまうという、ぐずぐずした、しかし恋をすると誰もが持ってしまう気持ちの揺れに、起承転結のある物語が必要とも思えないからだ。味わい深い。一編一編がじつに味わい深いのが『堤中納言物語』の魅力だ。わたしの「現代語訳」が、その魅力を損なうことなくお届けしていることを切に願う。

二〇二四年三月

中島京子

解題

陣野英則

作者不在の物語

『堤中納言物語』は、十篇の短篇物語と「冬ごもる……」とはじまるきわめて短い断章らしきものから成る。ひとつひとつの物語は、作者も成立の時期もさまざまであるようだが、確実にわかっているのは、「逢坂越えぬ権中納言」（本書の「一線越えぬ権中納言」）の成立が天喜三年（一〇五五）頃、そして作者が小式部（こしきぶ）という女性であったということぐらいに限られる。かつて、一部の短篇は『源氏物語』以前の成立かもしれないとか、また一部はずっとあとの南北朝期の成立ではないか、などとさまざまに推論が重ねられたが、近年では、いずれの作品も十一世紀から十二世紀、つまり平安時代中期以降、末期あたりまでの間に成立しているとみる論者が多い。そして、『堤中納言物語』という短篇物語集がまとめられた時期についても手がかりはほとんどないのだが、平安時代最末期から鎌倉時代前期あたりであろうかと筆者は想像する。

一方で、「堤中納言」という、この短篇物語集の書名についても、さまざまに論じられてはきたものの、今なお判然としない。藤原兼輔（ふじわらのかねすけ）（八七七～九三三）は、紫式部の曾祖父としても知られているが、この人こそが実在の「堤中納言」と呼ばれた人である。したがって、それぞれの短篇物語に登場する貴公子と兼輔との重なる部分を探ってみたくもなるのだが、確実といえるような照応は見つけにくい。筆者としては、かなり以前から示されている推察の一つで、十篇の物語をひとつに包む（つつむ）場合の「包み」もしくは「包み紙」という意が込められているという可能性を支持したくなる。そうした言葉遊びこそが、『堤中納言物語』の各篇にみられる機智、諧謔性などとよく響きあうだろう。

それにしても謎だらけの物語集といわざるをえない。せめて作者の候補ぐらいは示したいのだが、「逢坂越えぬ権中納言」以外は皆目わからない。だが、それは致し方のないことであった。というのも、漢詩文集、和歌集、あるいは日記文学などと比べると、平安時代の物語文学には作者に関して決定的に異なる特質があるからだ。それは、作者の署名をもたないということである。これは根源的な問題であろう。物語の作者は、作者としてではなく、あくまでも伝承されてきた物語を次に伝える者として関与する。つまり、作者が不在であることを装い、かつ創作という行為をも隠蔽しているといえる。

「それなら『源氏物語』はどうなのか」と疑問におもわれるかもしれない。誰もが知るとおり、その作者は（本名は依然として確定しがたいが）紫式部とされている。しかし、『源氏物語』の古写本の表紙、また中身を見れば、「桐壺（きりつぼ）」から「夢浮橋（ゆめのうきはし）」までの五十四帖の写本のどこにも「紫式部」の三文字が見られないことに気づくだろう。

　では、なぜ紫式部が作者だとわかっているのか。それは、端的にいえば『紫式部日記』の存在ゆえであって、そこに『源氏物語』の作者らしき人物が記していることを示唆する箇所がふくまれるからである。自分が作者なのだと明記しているわけではないが、『紫式部日記』が『源氏物語』作者の署名に準ずるような役割を担っているとはいえるだろう。

そうすると、小式部という作者が判明している「逢坂越えぬ権中納言」の場合はどうか。もちろん、この物語作品の写本にも「小式部」の名はない。実は、昭和十年代に発見・紹介された二十巻におよぶ『類聚歌合』（陽明文庫蔵）に収まる「斎院歌合」の一つが、「物語歌合」もしくは「物語合」と呼ばれるもので、これが決定的な証拠となったのである。賀茂神社に奉仕する斎院となっていた禖子（みわこ）内親王は、藤原頼通（禖子の母親の養父にあたる）の後援を得て、幾度も歌合を主催していた。他に類を見ない「物語歌合」は、『類聚歌合』では「五月三日」の「題　物語」とされた九番（十八人）の「歌合」となっている。なお、『栄花物語』「けぶりの後」巻では、この「物語合」について「二十人合などせさせたまひて」とあり、また『後拾遺集』の八七五番歌の詞書では、「五月五日」の「物語合」とされている。それぞれに微妙な違いはあるが、『類聚歌合』の本文では左方と右方とをあわせて十八の物語の作品名、作者名、そして作中和歌各一首が示されている。小式部の名は、物語作者というよりも作中和歌の作者として記されたということであった。

そもそも「物語」とは？

『堤中納言物語』は、『竹取物語』、『源氏物語』などと同じく虚構の度合いの高いフィクションであり、「物語文学」とされる。あるいは、十二世紀から用例が確認される「つくり物語」という呼び方もある。しかし、そもそも「物語」という言葉はかなり厄介である。実在の人物にまつわる物語、また実話にもとづく物語もたくさんある。平安時代では、『伊勢物語』のように和歌を中心とした短い話を集めた作品は、後世において「歌物語」とされたが、もちろん物語の一種である。また、『栄花物語』のように史実をベースとする歴史物語も、『今昔物語集』に収められた説話も、書名が示すとおり、物語である。

『堤中納言物語』に入る個々の作品はかなり短い。だから『伊勢物語』の各章段、あるいは説話集の一話に性質が近いのかというと、そうではない。『堤中納言物語』の各篇はそれぞれに個性的でもあって一概に決めつけられないが、やはり『源氏物語』などと共通する面を有する。その理由の最たるところは、架空の人物の物語という点にあろうが、一方で、個々の作品がいったい何を語ろうとしているのかということをひと言でいいがたい点も重要だとおもう。言い換えると、作品の主題に相当するものがとらえにくいのである。

正直に申せば、筆者は、『堤中納言物語』の各短篇物語から確かな主題を読み解くことができないし、またそういう読み方をしなくてよいとも考える。『源氏物語』が「もののあはれ」の文学だと教わった人は少なくなかろう。本居宣長による『源氏物語』主題論である。たしかに、そういう理解があってもよい。しかし、『源氏物語』は「もののあはれ」の一点に集約されてしまうような作品では決してないのだ。ほかの見方、読み方、とらえ方をさまざまにうながすような面が『源氏物語』にはある。そして、『堤中納言物語』の各篇もまた、短いにもかかわらず、あるいは短いがゆえに濃密であって、物語の側がさまざまな角度から本文と向きあい、あれこれと考えてみることを読者に求めているだろう。

各篇の物語内容

ここで、個々の物語内容を簡単に示す。（　）内は本書、中島京子訳のタイトルである。

「花桜折る中将」（美少女をさらう）　夜深い頃、明るい月にあざむかれて女の家を出た男主人公（本書の文中では「中将の君」）は、花桜の魅力的な邸宅内の美しい姫君を垣間見る。それは、亡き源中納言の娘であったが、近く入内の予定があることを知った中将は、姫君を盗みだそうとたくらむ。さて、その結果は？ 驚くべきどんでん返しが待っている。なお、題名の「中将」は、ほとんどの写本において「少将」となっている。男主人公と目される人物の呼称としては「中将」がふさわしかろう。

「このついで」（お香つながり） 後宮の后妃のもとへ宰相中将が薫物（お香）を届けたことをきっかけに、彼は「姫君のもとから子を連れて去るつもりの男が、姫君の哀切な歌に心うたれ、そのままとどまった」という話を語る。次いで女房の中納言の君、さらに少将の君が、それぞれ見聞した和歌にまつわる話を披露する。平安朝のオムニバス物語。

「虫めづる姫君」（虫好きのお姫様） 毛虫を好み、親たちを理詰めで言い負かしてしまう、変わり者の姫君がいた。化粧もしないし、平仮名も書かない。高貴な姫君の規範からはずれたこの女主人公を、物語の語り手はときに揶揄しつつも、突きはなすように語ることはしない。この短篇物語集の中で第一の人気作。

「ほどほどの懸想」（恋も身分次第） 賀茂の祭の日に出逢う小舎人童と女の童、次いで若い男と女房、そして頭中将と宮の姫君という三組の、身分相応の恋が語られる。最下層の小舎人童と女の童こそが、もっともいきいきと語られ、また活躍している。

「逢坂越えぬ権中納言」（一線越えぬ権中納言） 五月五日、宮中において中宮が主催する根合（菖蒲の根を出し合って左方と右方で競う）では女房たちの期待に応え、賛美される中納言だが、物語後半では、思慕する宮の姫君を必死に口説いても結ばれないのであった。前半の物語世界は、この作品そのものが生成・享受される場とかなり重なる面をもつ。

「貝合」（貝合） のちの時代の貝合とは異なり、平安時代の貝合では、左右それぞれが美しい、または珍奇な貝を出し合って競った。蔵人少将は、たまたま八、九歳ぐらいの利発な女の童から情報を引き出し、姫君とその腹違いの姉が貝合で対決することを知る。姫君を垣間見た蔵人少将は、形勢不利な姫君の方をひそかに支援する。

「思はぬ方に泊りする少将」（姉妹二人に少将二人） 姉君と妹君のもとに、いずれも「少将」と呼ばれる男君が通っていた。あるとき、二人の少将は姉妹を取り違えてしまう。どうしてそんなことが起きたのか。いい加減な女房たちの失敗例を集めた標本のような物語。

「はなだの女御」（花咲く乙女たちのかげに） ある邸宅に男が忍び込み様子をうかがっている。この一家の大勢の女たちは、自身の仕える后妃、内親王などを草花になぞらえつつ、うわさ話をする。忍び込んでいた男は、その女たちの幾人かと既に関係をもっていた。なお、后妃、内親王などは、長保二年（一〇〇〇）に実在した女性たちをモデルとしている。

「はいずみ」（墨かぶり姫） 新しい女と一緒になるため、もとからの女を捨てることにした男が、その女の詠んだ歌に感動させられ、元の鞘（さや）に収まる。とはいえ、せっかちな性格の男は、昼間に新しい女のところへ行ってみると、慌てた女は白粉（おしろい）の代わりに眉墨（まゆずみ）を顔に塗ってしまい大騒動に。『伊勢物語』第二十三段（筒井筒）と平中墨塗譚（へいちゅうすみぬりたん）を合成した趣。

「よしなしごと」（たわごと） ある僧が女に向けてあれこれと道具の借用を求める手紙が紹介される。書簡体の物語であり、物尽くしによる奇妙な戯（ざ）れ文（ぶみ）ともいえる。

なお、「冬ごもる……」という断章らしきものは、各写本で「よしなしごと」のあとに書かれている。

さまざまな物語の享受

このように見てくると、いくつもの物語作品に「合（あはせ）」がさまざま組みこまれていることに気づく。そもそも「逢坂越えぬ権中納言」は、「物語歌合」もしくは「物語合」の行われる中で披露されたようだ。そうしたゲーム、遊びの要素は、各篇に充溢（じゅういつ）している。『堤中納言物語』の各短篇の特質の一つは、機智、諧謔、洒落、ユーモア等々にあるだろう。

また、「よしなしごと」などを除く大半の作品では、高貴な人物、あるいは若い貴公子などが登場しているともいえるのだが、実はそうした人物に仕える女房、従者、童たちこそが活躍する物語ばかりだともいえるだろう。この点も興味深い。

『堤中納言物語』という短篇集が、なぜこれら十篇の物語を集めたのかという問題を解明することは難しいが、筆者は個々の短篇の成立の時期と短篇集としてまとめられる時期とのズレに注目する。物語作品は、その時その時の読まれ方によって違ったものと位置づけられることがありうるだろう。そこで、『堤中納言物語』という短篇集がまとめられた時点での読まれ方、あるいは利用のされ方ということを想像してみるに、高貴な人に仕える立場にある人、たとえば女房たちが愉しみつつ、実践例として参考にしてゆくような物語集の需要があって、こうした短篇集がまとめられたのかもしれない、などと考える。

その際に重要なのが、とにかく短いという特性である。現存する『堤中納言物語』の写本は、十冊本、五篇ずつまとめた二冊本、そしてすべてまとめた一冊本などさまざまだが、十冊本に比較的善本が多いとされる。本来も十冊本であったとすれば、個々の作品は容易に書写しうる。印刷技術のない時代、長篇物語を写し、増殖させるのは大変なことであったが、短篇であれば、貸し借りも、書写することも、また読むこともたやすいのである。

＊

右のような編纂と享受の歴史もあったのではないかと想像してみるのだが、他方において、現代の私たちはまた、今の出版文化の中でさまざまに古典文学とつきあうことができる。現代語訳で読むのも、漫画で読むのも大切なつきあい方である。

中島京子さんの訳は、『日本文学全集03』（二〇一六年刊行）の「月報」で小川洋子さんも書かれているとおり、「端正で品がある」とおもう。この物語集の機智、諧謔、洒落、ユーモア等々も、その端正さ、上品さと相性がよいようだ。それにまた、作中の和歌が現代日本語のわかりやすい短歌に変換されている、その妙を味わえるのもとても愉しい。

（日本古典文学研究者、平安時代文学／じんの・ひでのり）

本書は、二〇一六年一月に小社から刊行された『竹取物語／伊勢物語／堤中納言物語／土左日記／更級日記』（池澤夏樹＝個人編集　日本文学全集03）より、「堤中納言物語」を収録しました。文庫化にあたり、一部修正し、書き下ろしのあとがきと解題を加えました。

堤中納言物語（つつみちゅうなごんものがたり）

二〇二四年 三 月一〇日 初版印刷
二〇二四年 三 月二〇日 初版発行

訳 者 中島京子（なかじまきょうこ）
発行者 小野寺優
発行所 株式会社河出書房新社
〒一五一－〇〇五一
東京都渋谷区千駄ヶ谷二－三二－二
電話〇三－三四〇四－八六一一（編集）
〇三－三四〇四－一二〇一（営業）
https://www.kawade.co.jp/

ロゴ・表紙デザイン 粟津潔
本文フォーマット 佐々木暁
本文組版 KAWADE DTP WORKS
印刷・製本 中央精版印刷株式会社

Printed in Japan ISBN978-4-309-42087-5

河出文庫 古典新訳コレクション

古事記 池澤夏樹［訳］
百人一首 小池昌代［訳］
竹取物語 森見登美彦［訳］
伊勢物語 川上弘美［訳］
源氏物語1〜8 角田光代［訳］
堤中納言物語 中島京子［訳］
土左日記 堀江敏幸［訳］
枕草子1・2 酒井順子［訳］
更級日記 江國香織［訳］
平家物語1〜4 古川日出男［訳］
日本霊異記・発心集 伊藤比呂美［訳］
宇治拾遺物語 町田康［訳］
方丈記・徒然草 高橋源一郎・内田樹［訳］
能・狂言 岡田利規［訳］
好色一代男 島田雅彦［訳］
雨月物語 円城塔［訳］
通言総籬 いとうせいこう［訳］
春色梅児誉美 島本理生［訳］
曾根崎心中 いとうせいこう［訳］
女殺油地獄 桜庭一樹［訳］
菅原伝授手習鑑 三浦しをん［訳］
義経千本桜 いしいしんじ［訳］
仮名手本忠臣蔵 松井今朝子［訳］
松尾芭蕉 おくのほそ道 松浦寿輝［選・訳］
与謝蕪村 辻原登［選］
小林一茶 長谷川櫂
近現代詩 池澤夏樹［選］
近現代短歌 穂村弘［選］
近現代俳句 小澤實［選］

＊以後続巻
＊内容は変更する場合もあります

伊勢物語

川上弘美〔訳〕 41999-2

和歌の名手として名高い在原業平（と思われる「男」）を主人公に、恋と友情、別離、人生が描かれる名作『伊勢物語』。作家・川上弘美による新訳で、125段の恋物語が現代に蘇る！

源氏物語　1

角田光代〔訳〕 41997-8

日本文学最大の傑作を、小説としての魅力を余すことなく現代に甦えらせた角田源氏。輝く皇子として誕生した光源氏が、数多くの恋と波瀾に満ちた運命に動かされてゆく。「桐壺」から「末摘花」までを収録。

源氏物語　2

角田光代〔訳〕 42012-7

小説として鮮やかに甦った、角田源氏。藤壺は光源氏との不義の子を出産し、正妻・葵の上は六条御息所の生霊で命を落とす。朧月夜との情事、紫の上との契り……。「紅葉賀」から「明石」までを収録。

源氏物語　3

角田光代〔訳〕 42067-7

須磨・明石から京に戻った光源氏は勢力を取り戻し、栄華の頂点へ上ってゆく。藤壺の宮との不義の子が冷泉帝となり、明石の女君が女の子を出産し、上洛。六条院が落成する。「澪標」から「玉鬘」までを収録。

更級日記

江國香織〔訳〕 42019-6

菅原孝標女の名作「更級日記」が江國香織の軽やかな訳で甦る！東国・上総で源氏物語に憧れて育った少女が上京し、宮仕えと結婚を経て晩年は寂寥感の中、仏教に帰依してゆく。読み継がれる傑作日記文学。

百人一首

小池昌代〔訳〕 42023-3

恋に歓び、別れを嘆き、花鳥風月を愛で、人生の無常を憂う……歌人百人の秀歌を一首ずつ選び編まれた「百人一首」。小池昌代による現代詩訳と鑑賞で、今、新たに、百人の「言葉」と「心」を味わう。

仮名手本忠臣蔵

松井今朝子〔訳〕　42069-1

赤穂浪士ドラマの原点であり、大星由良之助（＝大石内蔵助）の忠義やお軽勘平の悲恋などでおなじみの浄瑠璃、忠臣蔵。文楽や歌舞伎で上演され続けている名作を松井今朝子の全訳で贈る、決定版現代語訳。

現代語訳　古事記

福永武彦〔訳〕　40699-2

日本人なら誰もが知っている古典中の古典「古事記」を、実際に読んだ読者は少ない。名訳としても名高く、もっとも分かりやすい現代語訳として親しまれてきた名著をさらに読みやすい形で文庫化した決定版。

現代語訳　日本書紀

福永武彦〔訳〕　40764-7

日本人なら誰もが知っている「古事記」と「日本書紀」。好評の『古事記』に続いて待望の文庫化。最も分かりやすい現代語訳として親しまれてきた福永武彦訳の名著。『古事記』と比較しながら読む楽しみ。

現代語訳　竹取物語

川端康成〔訳〕　41261-0

光る竹から生まれた美しきかぐや姫をめぐり、五人のやんごとない貴公子たちが恋の駆け引きを繰り広げる。日本最古の物語をノーベル賞作家による美しい現代語訳で。川端自身による解説も併録。

現代語訳　徒然草

吉田兼好　佐藤春夫〔訳〕　40712-8

世間や日常生活を鮮やかに、明快に解く感覚を、名訳で読む文庫。合理的・論理的でありながら皮肉やユーモアに満ちあふれていて、極めて現代的な生活感覚と美的感覚を持つ精神的な糧となる代表的な名随筆。

現代語訳　歎異抄

親鸞　野間宏〔訳〕　40808-8

悩める者や罪深き者を救う念仏とは何か、他力本願の根本思想とは何か。浄土真宗の開祖である親鸞の著名な法話「歎異抄」と、手紙をまとめた「末燈鈔」を併録。野間宏の名訳で読む分かりやすい現代語の名著。

現代語訳 義経記

高木卓〔訳〕 40727-2

源義経の生涯を描いた室町時代の軍記物語を、独文学者にして芥川賞を辞退した作家・高木卓の名訳で読む。武人の義経ではなく、落武者として平泉で落命する判官説話が軸になった特異な作品。

桃尻語訳 枕草子 上

橋本治 40531-5

むずかしいといわれている古典を、古くさい衣を脱がせて、現代の若者言葉で表現した驚異の名訳ベストセラー。全部わかるこの感動！ 詳細目次と全巻の用語索引をつけて、学校のサブテキストにも最適。

桃尻語訳 枕草子 中

橋本治 40532-2

驚異の名訳ベストセラー、その中巻は——第八十三段「カッコいいもの。本場の錦。飾り太刀。」から第百八十六段「宮仕え女（キャリアウーマン）のとこに来たりなんかする男が、そこでさ……」まで。

桃尻語訳 枕草子 下

橋本治 40533-9

驚異の名訳ベストセラー、その下巻は——第百八十七段「風は——」から第二九八段「『本当なの？ もうすぐ都から下るの？』って言った男に対して」まで。「本編あとがき」「別ヴァージョン」併録。

現代語訳 南総里見八犬伝 上

曲亭馬琴 白井喬二〔現代語訳〕 40709-8

わが国の伝奇小説中の「白眉」と称される江戸読本の代表作を、やはり伝奇小説家として名高い白井喬二が最も読みやすい名訳で忠実に再現した名著。長大な原文でしか入手できない名作を読める上下巻。

現代語訳 南総里見八犬伝 下

曲亭馬琴 白井喬二〔現代語訳〕 40710-4

全九集九十八巻、百六冊に及び、二十八年をかけて完成された日本文学史上稀に見る長篇にして、わが国最大の伝奇小説を、白井喬二が雄渾華麗な和漢混淆の原文を生かしつつ分かりやすくまとめた名抄訳。

八犬伝　上

山田風太郎　41794-3

宿縁に導かれた八人の犬士が悪や妖異と戦いを繰り広げる雄渾豪壮な『南総里見八犬伝』の「虚の世界」。作者・馬琴の「実の世界」。鬼才・山田風太郎が二つの世界を交錯させながら描く、驚嘆の伝奇ロマン！

八犬伝　下

山田風太郎　41795-0

仇と同志を求め、離合集散する犬士たち。息子を失いながらも、一大決戦へと書き進める馬琴を失明が襲う――古今無比の風太郎流『南総里見八犬伝』、感動のクライマックスへ！

室町お伽草紙

山田風太郎　41785-1

足利将軍家の姫・香具耶を手中にした者に南蛮銃三百挺を与えよう。飯綱使いの妖女・玉藻の企みに応じるは信長、謙信、信玄、松永弾正。日吉丸、光秀、山本勘介らも絡み、痛快活劇の幕が開く！

婆沙羅／室町少年倶楽部

山田風太郎　41770-7

百鬼夜行の南北朝動乱を婆沙羅に生き抜いた佐々木道誉、数奇な運命を辿ったクジ引き将軍義教、奇々怪々に変貌を遂げる将軍義政と花の御所に集う面々。鬼才・風太郎が描く、綺羅と狂気の室町伝奇集。

信玄忍法帖

山田風太郎　41803-2

信玄が死んだ⁉　徳川家康は真偽を探るため、伊賀忍者九人を甲斐に潜入させる。迎え撃つは軍師山本勘介、真田昌幸に真田忍者！　忍法春水雛、煩悩鐘、陰陽転…奇々怪々な超絶忍法が炸裂する傑作忍法帖！

外道忍法帖

山田風太郎　41814-8

天正少年使節団の隠し財宝をめぐって、天草党の伊賀忍者15人、由比正雪配下の甲賀忍者15人、大友忍法を身につけた童貞女15人による激闘開始！怒濤の展開と凄絶なラストが胸を打つ、不朽の忍法帖！

忍者月影抄

山田風太郎 41822-3

将軍の妾を衆目に晒してやろう。尾張藩主宗春の謀を阻止せんと吉宗は忍者たちに密命を下す！氷の忍者と炎の忍者の洋上対決、夢を操る忍者と鏡に入る忍者の永劫の死闘など名勝負連発、異能バトルの金字塔！

妖櫻記 上

皆川博子 41554-3

時は室町。嘉吉の乱を発端に、南朝皇統の少年、赤松家の姫、活傀儡に異形ら、死者生者が入り乱れ織り成す傑作長篇伝奇小説、復活！

妖櫻記 下

皆川博子 41555-0

阿麻丸と桜姫は京に近江に流転し、玉琴の遺児清玄は桜姫の髑髏を求める中、後南朝の二人の宮と玉璽をめぐって吉野に火の手が上がる……！　応仁の乱前夜を舞台に当代きっての語り手が紡ぐ一大伝奇、完結篇

天下奪回

北沢秋 41716-5

関ヶ原の戦い後、黒田長政と結城秀康が手を組み、天下獲りを狙う戦国歴史ロマン。50万部を超えたベストセラー〈合戦屋シリーズ〉の著者による最後の時代小説がついに文庫化！

五代友厚

織田作之助 41433-1

ＮＨＫ朝の連ドラ「あさが来た」のヒロインの縁故者、薩摩藩の異色の開明派志士の生涯を描くオダサク異色の歴史小説。後年を描く「大阪の指導者」も収録する決定版。

完全版 名君 保科正之

中村彰彦 41443-0

未曾有の災害で焦土と化した江戸を復興させた保科正之。彼が発揮した有事のリーダーシップ、滕元会津藩に遺した無私の精神、知足を旨とした暮し、武士の信念を、東日本大震災から五年の節目に振り返る。